又見雷雨

滕肖瀾——著

又見雷雨

清晨六點，陽光從窗簾縫裡漏進一縷，延伸開來，先是窗臺，再是地板，隨即又爬上張一偉的臉，從額角到下巴，細細長長，像粉筆畫的一道。認識他八年了，鄭苹還是第一次離他這麼近，看得這麼仔細。男人長了張圓臉，皮膚又白淨，多少缺些英武氣。所以他留了落腮鬍子。過了一夜，鬍子愈發濃密了。鄭苹起身拿來剃鬚刀，塗上泡沫，替他刮鬍子。小心翼翼地，連下巴與頭頸接縫那樣難處理的地方，也刮得乾乾淨淨。他動也不動，任憑她擺佈。刮完了，她又拿自己的潤膚露，替他薄薄打上一層，免得皮膚發澀。

她朝他看。這麼一番折騰，他依然是不醒。

「是睡著了，還是昏過去了？」她湊近他，往他耳裡呵著熱氣，手指在他脖子輕輕撓著。他沒忍住，撲哧一笑，隨即一把抓住她的手。她另一隻手去搔他腰眼，他呵呵笑著，將那隻手也抓住。隨即在她嘴上親了一下。她朝他看，忽的，很嚴肅地道：「過來，讓我吃一記耳光。」

他一怔：「什麼？」

「這些年，你讓我受的委屈，一記耳光便宜你了。」她正色道。

他把臉湊過去，「打吧。」

她舉起手，高高揚起，輕輕落下，嘻的一聲，按在他臉上，捋了捋。「算打過了，」她自說自話地點頭，「——以後不可以了，曉得吧？」

他看了她一會兒，那一瞬忽有些心酸，抓過她那隻手，放在自己掌心裡，「其實我不值得你這樣，」他道，「你是個好女孩。」

「這年頭，好女孩都喜歡壞男人，」她歎道，「沒法子的事。」

吃早飯時，鄭苹接到維修鋪小弟的電話，說手機修好了，讓她有空去拿。鄭苹答應了，說今天就去。掛掉電話，興沖沖地告訴張一偉，「我爸那只手機修好了。」張一偉道：「那麼老的手機，還能修？」鄭苹道：「修是不難的，就是利太薄沒人肯修，虧得老耿有個親戚在手機店。蠻快，前天剛送過去，今天就修好了。」張一偉替她慶幸：「好險，這個手機要是修不好，難保你不去跳黃浦江。」鄭苹在他背上拍了一下，嗔道：「沒那麼誇張。」

手機是父親的遺物。八年來鄭苹一直用這個手機。她曾把手機裡的視頻給張一偉看——父女倆在草地上搭帳篷，因是剛買的帳篷，不怎麼會弄，兩人嘻嘻哈哈折騰了半天，鄭母在鏡頭這邊數落他們「笨手笨腳，有這工夫，人家房子都造好了」。那天風很大，圖像有些抖，呼呼的風聲，比說話聲還大。這是鄭苹與父親最後一次合影。之後不到兩周，父親就去世了。手機摔過幾次，有點故障，上不了網，視頻和照片都導不出來，鄭苹只能把手機帶在身上，想念父親的時候便拿出來看。手機上了年頭，隔三岔五便出狀況。但通常是小毛病，湊合著能用。這次大修是因為前天跟周遊吵了一架，激動時隨手拿起手機便朝他掄去，砸在牆壁再掉下來，摔個稀爛。

「沒跟他拚命？」張一偉問。

「他賤命一條，宰了他我還要抵命，不值得。」

「為了什麼？」他朝她看，「還動手？」

「社裡的事，你也曉得，搞藝術和滿身銅臭的人，總歸說不到一塊去，」她岔開話題，「昨晚的事，——後悔嗎？」

他笑起來，「這話應該男人問女人才對。」

「我不後悔，這你八年前就該曉得了。」

「女人都不後悔，男人說後悔就忒不上路了。」

「主要是昨晚大家都喝醉了。否則我也不問了。」

「酒醉三分醒。」

「那又怎麼樣？什麼意思，我不懂。」

「再說下去就少兒不宜了。」他一把摟住她的肩膀。

鄭苹不喜歡他說話的語氣。人還在床上呢，就算撇清，也該有些過渡才是。沒一句話超過三兩，都是輕飄飄的。——其實也是意料之中。她和他之間，始終是隔了些什麼。八年前，同一天，同一個殯儀館，她的父親，還有他的父親。那是鄭苹第二次見到張一偉。她也不知道怎麼會踱到那裡。一間間過去，哭聲是會重疊的，這邊已入尾聲，漸漸隱去，這邊又掀起一陣，原先那些還未退盡，低低和著，又過一陣，又不知哪裡的哭聲摻雜進來，襯托得這邊更加層次分明。哭聲不同笑聲，笑的人一多，便覺得煩，自顧自的節奏；哭聲卻是往裡收的，一兩個人哭不成氣候，哭的人多了，悄無聲息地蔓延開，是另一種沉著的氣勢。鄭苹到的時候，張一偉父親已經推去火化了，張一偉母親被幾個親戚擁著坐在一邊。一個十八、九歲的少年站在角落裡低聲啜泣。鄭苹之前與他見過一面，是周遊父親安排的，請兩位遺孀出來相談。那天鄭苹與張一偉對面坐著，大人在桌子那邊談事，他們靜靜坐著。有人給他們倒上飲料，鄭苹喝了一口，張一偉碰都沒碰。車禍是由於張父過馬路闖紅燈，周父開車送周遊去學校，經過時避讓不及，車衝上非機動車道，又把騎車的鄭父撞倒。鄭父當場死亡，張父送到醫院急救無效，當晚去世。走路的、騎車的，都死了，按法律規定，即便事故原因與周父無關，機動車司機也必須承擔相應責任。周父花了些工夫打點，很快便全身而退。至於兩家的賠償金，他開出了一個相當不錯的數目。鄭母不作聲。張母還未開口，張一偉已站起來：「我不要錢，把爸爸還給我。」說完走到周父面前，霍的亮出一把水果刀，直直朝他胸口刺去。周父沒提防，竟被他刺個正著。送到醫院急救，醫生說再往左邊偏半寸，命就沒了。追悼會上，周父給兩家都送了花圈，人沒到場。那天張一偉倒是表現得很平和，鄭苹在門口靜靜看了他一會兒，想，這人和自己一樣，都沒了爸爸。鄭苹看到他的眼淚，始終在眶裡打轉，卻不落下來。本已平息下來的悲慟，那瞬間重又被勾起來。替自己，也替這個少年。

窗臺上放著一罐紙鶴。是鄭苹八年前疊的。花了整整一周的時間，在張一偉十九歲生日那天送給他，裡面還附了張卡片：「做朋友好嗎？」——結果被張一偉連東西帶卡片退了回來。那天恰恰是鄭苹動身去英國讀高中，行李都搬上車了，當著鄭母和周家父子的面，張一偉放下東西就走。鄭苹也不說話，面無表情地把紙鶴塞進包裡。這事後來被鄭母一直掛在嘴上，說鄭苹你這樣的人還會疊紙鶴啊，不像你的風格，做手榴彈土炸藥倒還差不多。

他看見紙鶴，先是一怔，應該是想起了當年的事。隨即瞥見鄭苹的目光，停頓一下：「現在送給我，行嗎？」鄭苹搖頭：「送給你不要，現在又來討。」他笑笑：「男人都是賤骨頭。」鄭苹嘿的一聲：「喜歡就拿去吧。」停了停，又問他：

「現在，你當我是朋友了嗎？」

「不是朋友是什麼？」他反問。

「不曉得，」她老老實實地道，「我總覺得你一直都挺恨我。」

「就算恨，也是恨周遊他爸。恨你幹麼？」

「因為我媽嫁給周遊他爸了，所以你恨我也不是一點沒道理。」

「那，就算是愛恨交織吧。」他想了想，「其實，應該說是『同病相憐』更恰當。——同一天成了沒爸的孩子。」

「所以啊，我們更要對彼此好一點，」鄭苹一本正經地，「我們都是受過傷的小孩。別人不疼我們沒關係，我們要自己疼自己。——天底下沒有比我們更合適在一起的人了。」

有八年前的教訓，她故意扮傻大姐，把真話說得像傻話。這樣即便被他彈回去，也好少些尷尬。她以為他聽了會笑。誰知他只是低下頭吃盤裡的煎蛋，像是走神了。她等了他一會兒。女孩子這麼說，男人一點表示沒有。多少有些難為情。鄭苹打開收音機，尖銳的女聲陡的跳出來，「我愛你，轟轟烈烈最瘋狂，我愛你，轟轟烈烈卻不能忘——」

吃完早飯，張一偉先走了。鄭苹奔到陽臺，本想喊他回來帶把傘，今天說是有雷陣雨。但這男人走得匆忙，連背影也是義無反顧。鄭苹便有些氣不過。老夫老妻也就罷了，怎麼說也是第一次留下過夜，一步三回頭也在情理之中。可他的腳步毫無留戀。直到他走出社區，鄭苹才回屋。收拾一下，上網看微博。

照例在搜索欄裡打入關鍵字「鄭寅生，雷雨」。一條條看下去。大多都是老話，「民營話劇社進駐上海大劇院小劇場」、「場景漂亮，演員演技好」，也有人說「一張票送一大盒費列羅巧克力，差不多就值回一半票價了。人家虧本賺吆喝，我們樂得捧場。」往下翻，有人說「那個演魯貴的演員，長得像唐國強，好像以前也有點名氣的，怎麼會讓他演魯貴？」下面跟著一長串評論，有人說「沒錯，這人一看就是正義凜然的那種，演魯貴看著真彆扭，他每次低聲下氣地跟在周樸園邊上說話，我都想笑，感覺他像個潛伏在資本家身邊的地下黨。反倒是那個演周樸園的，看上去獐頭鼠目，一點也不像大資本家。也不曉得是怎麼選的角！」也有人反駁「誰說長得像唐國強就不能演壞人？好人壞人從臉上能看得出來嗎？再說周樸園也不是好人啊。照我說，讓他演魯貴才好呢，老是本色出演有什麼意思，反差越大越是能考驗演技。」又往下看了幾頁，與前陣子一樣，許多微博說的都是「魯貴」，一邊倒地認為這演員與以往的「魯貴」似乎有很大不同。

上月《雷雨》剛上演時，有記者採訪鄭苹，說作為一家民營話劇社，能入駐大劇院演出實屬不易。而且在行銷上別出心裁，比如母親節那場送康乃馨，憑票根參加抽獎，有咖啡券、電影票、聯華ＯＫ卡、雙飛自由行……特等獎甚至是一輛小轎車。「網上有您親自頒獎的視頻。您覺得，這次話劇演出之所以大獲成功，是否與這些行銷手段有關？還有，成本預算方面，您是怎麼控制的，說的更明確些，您不怕虧本嗎？」記者口氣裡難掩好奇。鄭苹回答得很簡單，「說句實話，我辦這個話劇社，不是為了賺錢，至於虧本，大家也不必替我擔心。我有贊助。那些行銷策略，都是別人替我想出來的，我只管排話劇，其它事情統統不管。」記者又問起駱以達，「有趣的是，十年前在上海人藝演出的那場《雷雨》，駱老師扮演的是周樸園。時至今日，他竟然演起了魯貴，來了個一百八十度大逆轉。請問，您是如何請到他加盟的？又為什麼想到讓他來扮演魯貴？是一種噱頭嗎？」鄭苹沒有正面回答，只是笑笑：「你說是噱頭，——那就算是吧。」記者最後問：「你們話劇社叫『鄭寅生話劇社』，請問，『鄭寅生』是誰，以他命名有特別意義嗎？」鄭苹如實相告：「鄭寅生是我父親，他生前也是個話劇演員。」

關於抽獎的事，鄭苹很早就對周遊表示了不滿，「玩得太過了，連公車上都是《雷雨》的廣告，你看過哪個話劇搞這麼大？送電影票咖啡券也就算了，你還給我弄輛小轎車出來，怎麼不送別墅送遊艇？」周遊說：「我就是怕搞得太大，所以才沒這麼幹。別墅有現成的，你要是答應，下次我就直接去三亞買遊艇了。」鄭苹無語，對付這樣的紈絝子弟，話一定要往狠裡說，「我非常不喜歡這樣，」鄭苹明確告訴他，「別學你爸捧戲子，他那是老一代的做派，八百年前就過時了。」周遊說：「我不捧戲子，我只捧你。你是戲子嗎？你是藝術總監。」鄭苹道：「我不是我媽，別說遊艇，你就是買飛機也沒戲。」周遊照例是笑笑，不妥協，也不跟她真吵。八年來，兩人像親戚，又像朋友。周遊跟她同歲，月分稍大些，初見面那陣客客氣氣，有些半路兄妹的味道，後來熟了，就比親兄妹還隨便，說話行事游離於自己人和外頭人之間，好起來無所顧忌，狠起來又是剝皮拆骨。當然這主要是鄭苹單方面對周遊，尤其是鄭母剛嫁給周父那陣，面上看著無異，心裡只當他是半個仇人，眼神都是夾槍帶棒。說起來還是周遊難得，待鄭苹就不用說了，對鄭母也是不錯，按理說十幾歲的少年，對後母要些刁也在情理之中，偏偏他這層看得極開。他曾對鄭苹半開玩笑地說，我爸是多情種子，這點我隨他。鄭苹只當聽不懂：「你爸討三個老婆，你也隨他？」他道，「就算討三個老婆，你也是最後白頭到老的那個。」鄭苹嘴上照例又是一頓揶揄，心裡曉得這話不假。她在英國讀書那幾年，他每隔兩個月便飛去看她。她回國辦話劇社，是他給她張羅，人脈上資金上，料理得妥妥當當。連話劇社門廳正中那幅山水畫，也是他周少爺的真跡。「換了別人，一百萬求我一幅，我都不肯。——你自己要拎得清。」周遊從小習畫，這幾年因為跟著父親學生意，便擱下了。在別人面前，他是少東家太子爺，唯獨對著鄭苹，就成了嘍囉跟班。抽獎那事，連他父親都有些看不下去了，吃飯時半真半假地訓他，說「總經理我另外找人當，下次調你去行銷部，看你是把好手。」以鄭苹的性格，貼心貼肺的朋友不多。周遊算是僅有的一個。愈是這樣，說話便愈是不講究，心裡想的便是嘴裡說的，一點不加工。也虧得他才忍受得住。他也慣了，好的壞的，中聽的不中聽的，都當補藥吃。從不與她較真。唯獨前天那次，他不知怎的，竟動了真性子。話越說越僵。

「張一偉要是真的喜歡你，我把頭割下來當球踢。」

「他不喜歡我，幹嘛跟我在一起？」

「說了你要生氣。」

「我不生氣，你說。」

「其實我不說你也曉得，這些年他明裡暗裡搞的小動作，加起來都有一籮筐了。在檢察院當了個小辦事員，就人五人六起來。他也不想想，我爸要真跟他頂真，單憑八年前那一刀，他早就進大牢了——」

「這跟我有關係嗎？」鄭苹打斷他，「說重點。」

「怎麼沒關係，你媽嫁給我爸，你就是半個姓周的，在那傢伙眼裡，你跟我們是一夥的。」

「那又怎麼樣？」鄭苹好笑，「所以他想要始亂終棄，或者，先姦後殺？」

周遊歎了口氣，「鄭苹你就裝傻吧。智商一三五的人，裝三五，不累嗎？非要我把話說得那麼明白是不是？那好，我一條條列給你聽。先說那個姓王的女人，是他介紹進來當會計的吧？你也真是到位，二話不說就把老劉給辭了，給人家騰地方。他是變著法子來查帳，你不知道嗎？虧得現在是沒事，要是真有些什麼，我爸、我，還有你，統統都要吃牢飯。」

「你都說了沒事，那怕什麼？」鄭苹沖他一句。

「還有他媽，淋巴瘤晚期，是你自己說的，三個禮拜化療一次，每次打兩支『美羅華』，一支兩萬多。丙種球蛋白，營養針，五百多一支，兩三天就要打一支。八年了，他早不找你，晚不找你，偏偏挑這個時候找你。為什麼？難不成找人要結婚沖喜？本來這也沒什麼，男人玩女人要花錢，女人玩男人當然也要花錢，我找個小明星睡一晚幾十萬，你給他媽住貴賓病房，大家都是花錢找樂子，什麼玩不是玩，是吧？可你要是來真的，就沒意思了。」

「還有呢？」鄭苹朝他看，「──說下去。」

「是你讓我說的，」周遊猶豫了一下，沒忍住：「也好，索性我給你兜頭澆盆冷水，讓你徹底清醒——男人嘛，就那麼回事，追了他那麼多年，順風蓬也扯得差不多了，見好就收。你長得不難看，身材也過得去，又是自己送上門，這麼便宜的事，不要白不要——」

手機就是那個時候砸壞的。周遊的額頭也撞出個桂圓大小的包。事後鄭苹多少有些後悔，吵就吵了，還動手，又不是小孩子。況且愈是這樣，便愈顯得自己心虛。該一笑了之才是。一股邪氣因那人而起，竟全出在周遊身上。鄭苹又想起前一日晚上，她和張一偉都醉了，他先送她回家，到了她家門口，她邀他進去坐坐。他沒有拒絕。兩人坐在沙發上看電視，他伸手去解她的襯衫扣子，她問他，「你喜歡我嗎？」兩人都醉得很厲害，腦筋跟不上手，耳朵跟不上嘴。她完全不記得他是怎麼回答的，怎麼想也想不起來。只記得牆上的掛鐘「嗟嗟」地走著。是時間流動的聲音。此刻不知怎的，那句話忽然一下子從某個角落蹦了出來。——那時，他大著舌頭，貼著她的耳朵，輕聲道：

「我說喜歡你，你信嗎？」

上午九點，鄭苹來到社裡。「鄭寅生話劇社」位於盧灣區與徐匯區的交界處，鬧中取靜的一條街道，二層樓的小洋房，門前鋪了滿地的梧桐葉，車馬不興。陽光從密密的樹蔭漏下來，過濾掉表面那層焦灼，硬生生拉下幾分熱度，也不覺得十分難熬。與陝西路口的環貿廣場只隔了兩條馬路，那邊人聲鼎沸，這邊卻靜得彷彿另一個世界。連踩在梧桐葉上沙沙的聲音，也似是透著幾分空靈，隱隱有回聲。

桌上放了豆漿油條，照例又是老耿買的——就是《雷雨》裡演周樸園的那位。老耿去年簽的約，其他演員只有排練時才來社裡，他則是天天準時報到。在路口的點心鋪吃完早飯，再替鄭苹帶一份。初時鄭苹讓他演周樸園，他只當自己聽錯了，及至劇本送到手裡，才知是真的。老耿今年五十多歲，演了三十年的戲，從沒臺詞的小龍套，到現在依然是面熟陌生的配角，心態倒也不壞。他早年離婚，一直沒再娶，無兒無女，回到家也是孑然一身，倒不如在戲臺上混，短短一兩個小時，便歷盡人生，白雲蒼狗，那些生活裡沒嚐過的滋味，戲臺上全嚐了個遍。演過兒孫滿堂，也演過人間帝王。角色雖說是假的，投入的感情卻是真的。演戲的時間加起來也有小半個人生了，老耿想得很穿，就算活八十年，實打實的二十年在臺上，那假的也成真的了。臺下倘有五分不如意，與臺上那些湊一湊，便可減去一、兩分。

鄭苹邊吃早飯，邊與老耿聊天。晚上是最後一場《雷雨》。「耿叔這段時間辛苦了，總算能休息一陣了，」鄭苹捧了個場，「──您演得好。」老耿搖頭，「千萬別這麼說，我都覺得對不住您呢，看網上那些評論，我都恨不得找個地洞鑽下去。」

「演得再棒，也不可能人人都說好。」

「形象差太遠。周樸園要是長成我這樣，四鳳她媽和繁漪就是兩個近視眼。」

鄭苹笑起來，「那也不一定。劇本上又沒說周樸園長得有多英俊，關鍵還是要靠演技。」

「我知道您的想法，是想闢條新路子，其實偶爾玩個新鮮還行，時間一久，什麼角色該什麼人演，還是有一定路數。演戲就是演戲，天生一張主角的臉，就得演主角，配角也是一樣。都說人不可貌相，可這世上，以貌取人的多了去了。久而久之，就成道理了。」老耿是正宗上海人，可一口京片子抑揚頓挫，甚是好聽。

「別老是稱呼我『您』，我比您小了兩輪都不止。」鄭苹道，「我看過您的簡歷，您五十九年生的，比我爸還大三歲。」

「我知道你爸，以前市里開會碰到過兩次。挺可惜。」老耿歎道。

鄭苹沉默了一下。「那天採訪我的記者，他知道駱以達，說十年前駱以達演的是周樸園，可他卻不知道『鄭寅生』是誰。其實當年那張《雷雨》的海報上，就有『鄭寅生』的名字，——我爸演的是魯貴。」鄭苹說到這裡停下來，瞥見老耿並不意外的神情，便有些後悔說這個。笑笑，拿起杯子，讓老耿：「耿叔您喝茶——」

老耿換了個話題：「您母親今晚上場，準能掀個小高潮。」

「十年前的繁漪，誰還記得？」鄭苹嘿的一聲，「——都是周遊爸爸想出來的噱頭，說把這一場的票房收入全捐出去，再請些社會名流捧場。其實就是給自己掙名氣，沒意思。」

「您還年輕，不曉得您母親當年的風頭。說是『風華絕代』也不過分啊。」

正說著，鄭苹手機響了。她接起來，是周父，「苹苹，過來幫你媽挑旗袍，晚上穿的。」鄭苹答應了。走到外面，有些起風了，夾雜著熱乎乎的粘人的濕氣。天氣預報說有雷陣雨，看樣子不假。路上很順，一會兒便到了。走進去，鄭母在換衣服，周父坐在沙發上看報紙。鄭苹叫了聲「周伯伯」，瞥見店員一旁候著，手裡拿著幾套旗袍。

鄭母穿著一襲墨綠色的旗袍走出來。五十來歲的人了，身材依然保養得當，薄施脂粉，長髮鬆鬆地紮起來，在頂上盤個髻。見女兒來了，照例是懶懶的神情，眼角一夾，並不停留。在周父面前轉了個身，問他「怎麼樣」。周父連聲稱讚：「這套比剛才那套還要好——」隨即對鄭苹道，「我還有個會，你陪陪你媽，差不多就定下來，反正她穿什麼都好看。」鄭苹還沒說話，鄭母已是輕輕哼了一聲，「男人就是這樣，嘴上功夫。」周父笑道：「怎麼是嘴上功夫呢，我可陪了你半日了。——苹苹，」又轉向鄭苹，「挑完衣服再陪你媽去恒隆逛一圈，卡地亞或是寶格麗，把晚上的首飾也定一定。」

店員送上茶水。鄭苹坐下來，挑了本畫報。鄭母也坐了下來：「怎麼樣？」鄭苹頭也不抬：「不是說了嗎，你穿什麼都好看。」鄭母不作聲，喝了口茶，拿出化妝盒，補粉。

「昨晚留那姓張的過夜了？」她拿粉撲在臉上輕按。

「那是誰？」鄭苹問。

鄭苹一怔，還未開口，鄭母徑直說下去：「不是周遊說的，別冤枉人家。」

「沒人說，我就不知道了嗎？」鄭母收好化妝盒，「——下午把人叫過來，跟我再對一遍。」

「昨天不是排過了？」

「十年沒演了，還是再排一遍的好。省得丟你的臉。」

「你怎麼會丟我的臉呢？」鄭苹似笑非笑，「您可不是一般人。」

鄭母淡淡地：「你走吧，該幹嘛幹嘛去，我不用你陪。」

「好，」鄭苹停頓一下，「——要我打電話把駱以達叫過來陪你吃午飯嗎？」

鄭母朝女兒看了一眼。「我自己會打。謝謝。」

「有一陣子沒去他那兒了，怎麼，吵架了？還是他毒癮太大，看不下去？」鄭苹歎了口氣，「其實媽你也該勸勸他的，前天跟他見面，一條手臂伸出來，全是針眼，讓人看了多不好。臺上化了妝不覺得，面對面站著，瘦得跟個骷髏差不多。嘖嘖，也作孽。他這副樣子，再過一陣，連魯貴都演不成了。只能演赤佬（鬼）。」鄭苹說完，拿起茶喝了一口。

鄭母目光投向窗外：「不用你操心。」

「我怎麼能不操心呢？」鄭苹歎道，「你是我親媽又不是晚娘，媽在外面找相好的，作女兒的多少也要出點力。我也算是不錯的了，又給他工作，又給他錢，隔三岔五還去看他，上個月生病了還陪夜——親生女兒都沒我這麼道地。」

「差不多了。」鄭母提醒她。

「其實有時候想想，真的挺有意思。撞死我爸的人，成了我的後爸。我媽的姘頭，我好茶好飯地侍候著，一口一個『叔叔』，叫得比自己老爸還親。下午有人誇你是『風華絕代』，想想還真是這樣。要不然這麼複雜的關係，除了媽你，還有誰可以處理得這麼一團和氣，你好我好大家，跟一家人似的。我爸在天上看了，肯定也特別欣慰——」

「別總是一副欠你多還你少的神情，」鄭母說女兒，「你也不是天使。」

「我知道，但至少不是狗屎。」

「那張照片是誰拍的？」鄭母朝她看，忽道。

「又來了，」鄭苹嘿的一聲，「說了很多遍了，不是我。」

「你爸去世沒幾天，照片就到了他領導手裡。你逼得他走投無路，工作沒了，老婆跑了，每個人都戳著脊樑骨罵他。你把他逼到絕路上了，他才會去吸毒——那時候你才幾歲啊，二十歲都不到，鄭苹你才不是一般人——」

「你是他什麼人？」鄭苹不客氣地問母親，「你替他抱屈，那我爸呢，誰來替他抱屈？姓駱的再怎麼樣，總歸還活著，可我爸死的那麼慘，是誰害的？」

「你說是誰害的？」鄭母搖頭，「我本來不想跟你吵的，可你這個小神經隔一陣就要發作一次，比來例假還準時。」鄭母冷冷地看她，「——是誰打電話讓你爸去城隍廟買小籠包？他要不是特地跑去買小籠包，能走那條路嗎？他不走那條路，會撞上車禍嗎？啊？」

「我為什麼要打那個電話？」鄭苹望著母親，一字一句地，「因為，你和姓駱的在床上做不要臉的事，我怕他見了傷心，才故意讓他繞路去買小籠包。如果我知道走那條路會遇到車禍，我怎麼可能會打電話給他？就讓他回來看見你軋姘頭吧，哪怕再傷心，至少不會送命——」

鄭母把茶杯重重一放，水潑出來，沿著桌角流下去，嘀滴答嗒。

店員上前擦拭。母女倆沉默著。店員退下去。鄭母先是不語，隨即幽幽地說了句「看樣子戀愛談得不太順利」，走進更衣室。再出來，鄭苹已不在了。

鄭母緩緩走到鏡子前，望著裡面的自己。旗袍將身形襯得極好。她腰細，但髖部有些大，穿別的衣服一般，唯獨旗袍是最合適的。所以正式場合她通常是穿旗袍。家裡的旗袍加起來，不下二十件。她記得初時與他交往時，他便說她「天生就該演繁漪」，說她是那種民國女子的氣質，中西合璧、內外兼修，靜若處子，動若脫兔。他說了一連串的成語，惹得她笑個不止。她與他，還有鄭寅生，是大學同窗。畢業後都分到人藝。八〇年代，看話劇的人多，最鼎盛的時候，她走在路上，都有人叫她「繁漪」，那時的粉絲還比較含蓄，通常是叫一聲，便在旁邊看著，恭恭敬敬的。她與他，被人稱作「金童玉女」，臺上搭擋，臺下也是搭擋。她以為嫁給他是早晚的事。但結果不是。他媽媽不喜歡他找個圈內的妻子，反對得很厲害。他要做孝子，便跟她分了手。他很快結了婚，辦喜事那天，她喝了農藥。遺書上寫「我先走了，來世再給你一次機會，如果你還是這樣，那來世的來世，就不用見了。」她就是這樣的脾性。農藥份量下得很重，差點就救不回來了。嫁給鄭寅生，一是因為這男人從大學時便對她用心，鞍前馬後的，二來鬼門關走了一圈，多少有些心灰意冷，想著人生不過數十載，得過且過吧。婚後第二年，便有了鄭苹。她以為自己會怨他一輩子，最惱的那陣，單只聽到「駱以達」這三個字，便要繞道行。愛得愈深，恨起來也愈深。但後來的事，讓她曉得恨與愛一樣都不容易。恨他的那個，是嘴上的她，可心裡的那個她，依然是愛得他入心入肺。他身上有磁石，與她剛好是正負極，只要過了安全距離，自然而然便會吸在一起。這是她的命。讓她顧不上去考慮是對是錯。床照那事捅開後，他和她走到哪裡，背後都有人指指點點，都是有家有室的，更何況她還剛死了男人。照片拍得很露骨，臉和身子都清清楚楚。那陣子，在眾人的眼裡，她與他，就是潘金蓮與西門慶。她不理會，對他道：只要你一句話，我馬上就嫁給你。他有些抖豁：你不怕？她道，只要你不怕，我就不怕。她說這話時，其實已經猜到了他的答案。果然，他又一次退縮了。她這次倒是表現得很平靜，連一滴眼淚都沒落。幾月後便嫁給了周父。她與他是緣分，可誰又能說她與周父便不是緣分呢？那幾年什麼都變得快，今天這樣，明天便是那樣，心思分分鐘都在活動。戲臺上那些小精彩，漸漸便打動不了人心了。進劇院的人少得可憐。可只要有她的戲，臺下人數總是能保證的。那男人是她的超級粉絲，放在過去，就是包她的場，往臺上扔金戒指的那種人。她都不曉得他在她身上到底花了多少心思和金錢。嫁給他後，她甚至還問過他：「我男人不會是你故意撞死的吧？」他瞥見她認真的神情，一時竟不知說什麼好。「這就是緣分。你是演員，臺上演的就是無巧不成書。難道還不信這個？」

鄭苹車開出一段，便停在路邊。下車抽了支菸。讀大學時抽過一陣，後來戒了，不太徹底，但至少癮是沒了。可此刻，她迫切地需要一支菸。頭疼得厲害。從英國回來後，她便搬出去獨住，借此減少與母親見面的機會。到底是成年人了，老是吵架不合適，不吵又忍不住，索性不見面乾淨。記得上次吵架，還是一、兩個月前的事了。母女倆吵架有固定的路線圖。話題不管是什麼由頭，走向都是一樣的，三言兩語，七拐八繞，總會到達那個點。——那個要命的點。

空中傳來一陣陣悶雷聲，眼看著要下雨了。八年前，也是這樣的天氣。那天她在樓梯口給父親打電話，閃電一道接著一道，響雷就像打在人的頭頂。她回家換衣服，恰恰看見了母親和駱以達在床上的那幕。她第一反應就是，不能讓父親見到。她給父親打電話，問他在哪裡，父親說二十分鐘後就到家。她謊稱想吃松鶴樓的小籠包，讓父親去城隍廟買。——鄭苹每次想到這些，心裡便會一陣抽緊，疼得整個人都要散架似的。母親說得沒錯，如果沒有那個電話，父親不會死。她無數次在夢裡把那天的情景重演，她沒有回家，也沒有看見母親和駱以達，沒有打電話，父親也沒有死。她整夜整夜地做夢，一會兒笑，一會兒哭，醒來時整個人都是空的。這些年，她對母親有多恨，其實便是對自己有多恨。

旁邊駛過一輛公車，緩緩靠站。車身上是巨幅的《雷雨》海報，濃墨重彩的色調，「繁漪」占了大半的位置。端坐著，紅唇雪膚，細眉入鬢，眼神冷傲中帶了三分漠然。鄭苹與她對視了一會兒。隨即將半截菸往地上扔去，拿腳踩滅。

中午十二點，鄭苹與張母坐在飯店靠窗的位置，遠遠看見張一偉走進來，便朝他揮手。張一偉走近了，坐下，「怎麼突然想著一起吃飯了，還把我媽拉出來？」

「伯母偶爾也該出來逛逛，吃頓飯喝個茶什麼的，」鄭芊叫服務員上菜，親暱地替張母把餐巾鋪好，「伯母這陣氣色不錯，蠻好。」

「好什麼呀，過一天算一天了。」張母搖頭。

「別這麼說，醫生都說化療效果很理想，您身體底子又好，這麼下去，篤篤定定能活到一百歲，」鄭芊笑吟吟地，轉向張一偉，「沒影響你上班吧？」

「沒有，反正中午本來就要吃飯。」張一偉道。

鄭芊邀張母晚上去看話劇，「是最後一場，結束後有個慈善酒會，還能抽獎。您就當湊個熱鬧，給我捧個場。」張母忙說不用，「我這種土包子，上不了檯面，去了反而給你丟臉。」鄭芊說，「怎麼會，您是一偉的媽媽，也就是我的媽媽，別人不到沒關係，您是一定要到的。」張母求救似的朝兒子看去。張一偉道，「媽你就去吧，也難得的。」張母這才不作聲了。

「衣服我都給您準備好了，」鄭芊拿過旁邊一個紙袋，遞給她，「我拿您舊衣服去比照的，尺寸應該不錯。」張母接過，有些侷促地，「這個，真是的——」鄭芊又給她一張名片，「您下午去做個頭髮，再做個臉，就這家店，錢我付過了，您人過去就行。」張母更加不安了：「這輩子都沒做過臉——」鄭芊笑道：「您先試試，要是合適，我再幫您辦張卡，以後每個禮拜都去一趟。到您這歲數，再不對自己好點，做女人就太虧了，是吧？

吃完飯，鄭苹先送張母去美容院，再送張一偉去單位。路上，兩人都不說話。張一偉朝她看：「怎麼我媽一下車，就沒聲音了？」她道：「你不是也沒聲音？」他道：「我是不敢發聲音。」她嘿的一聲：「為什麼？」他道：「做錯事了。」她問：「做錯什麼了？」他道：「其實應該我把你媽請出來才對。請吃飯、送衣服、做美容，這些都應該讓我先來——男人不主動，被女人搶了先，就是做錯了。」他說完笑笑。

鄭苹不作聲。半晌，道：「張一偉，我覺得你變了，跟以前完全不同了。」

「哪裡變了？」他問。

「說不上來，反正變得不倫不類，文不文武不武的，像整容沒整好，豁邊了，走樣了。」她不客氣地評價。

「哪個更好？」他又問。

「你說呢？」她反問。

一會兒到了。車停在路邊。他道：「晚上我和我媽一起過去。」她嗯了一聲。他下了車，朝她揮手。她搖下車窗，也朝他揮手。踩下油門，反光鏡裡見他站在原地不動。心裡莫名酸了一下。停了幾秒，見他依然佇著不動，便又把車倒回去。

「怎麼不進去？」她問他。

「沒什麼，就覺得挺對不起你的。」他朝她看。

她嘿的一聲，「莫名其妙——」停頓一下，「知道對不起，那就對我好一點。」

「再好，也比不上你對我好。」

她啞然失笑，「演戲嗎？早知道今晚讓你上臺了。」

他在她臉頰上輕輕一捏，「我進去了，——晚上見。」

「晚上見。」

鄭苹徑直去了電腦城拿手機。維修鋪的小弟很客氣，說還讓你專門跑一趟，不好意思。這人是老耿的遠房表親，一口本地話刮拉鬆脆。鄭苹看了，果然視頻和照片都在，便放下心來，「下次叫上耿叔，一起出來喝茶。」小弟答應了。

心情頓時好了許多。手機握在手裡，便覺得踏實。父親用了四、五年，放在那時都是舊款。前幾日周遊還說「拿著這個，跟你出去談業務，都覺得底氣不足，阿詐裡（騙子）似的。現在連民工都不用這種老古董了。」周父也說過一次，「苹苹很節省啊——」鄭苹猜他其實是知道的。他那樣的生意人，大處精明，小處也不會糊塗。

看在母親的面上，這些年只把她的好掛在嘴上，壞處半分也不提。有時候鄭苹也覺得自己是有些過分了。八年前，母親再婚那天，鄭苹去找了駱以達，說我媽請你喝喜酒。駱以達當然是拒絕了。鄭苹不依不饒，說我媽說的，如果你不去，就讓你們團領導來請你。駱以達不跟小女孩計較，只是勸她回去。鄭苹一不做二不休，又以駱以達的名義包了個紅包和一束鮮花，叫快遞送到喜宴上。虧得酒席上人多事雜，鄭母敷衍過去。鄭苹到底是沒有再出現。周父也不提這茬，反過來勸鄭母，這個年紀的女孩，是難弄些。話劇社成立後，那時駱以達已是個不折不扣的煙鬼，演不了戲，靠老房子收租度日。她曉得他缺錢，吸毒的人癮上來，便是讓他去偷去搶，他也做。她高薪簽下他，卻不讓他演主角，單單挑些不起眼的小配角給他，就像父親當年演過的那些。父親臨死都不知道妻子和這個男人在床上的齷齪事，鄭苹是在替他報仇呢。有些祕密是藏不住的。「鄭總和駱老師有仇——」話劇社裡大家私底下都這麼說。連周遊都提醒過鄭苹了——「別做得那麼明顯」。關於這種桃色新聞，每個人的神經都是異常敏感，只需一鱗半爪，便能將現場還原個清清楚楚。鄭苹猜周父也是知道的，但他從來不提。鄭母是他的第三任，大家都不是白紙。周遊的生母是高幹子弟，周父靠她才發的家。之前好像還有一位。鄭苹隱約聽周遊提過，但她不太在意。鄭母也不在意。她一直是這樣的人。鄭苹從記事起，便覺得母親整日都是一副淡漠的神情，對什麼都不上心。周遊對鄭苹說過，「你媽是冷美人」。鄭苹想，你是沒見過她跟駱以達在一起。當然這話不能說出來，否則就真是過分了。對於駱以達，鄭苹其實也已經談不上多麼恨了，更像是一種慣性，八年來只存著一個心思，便是要把駱以達弄得灰頭土臉，要多狼狽有多狼狽。

車子到社裡停下，周遊變戲法似的蹦出來：「哈囉！」她嚇了一跳，「作死啊——」瞥見他額頭那個包還未全消，便有些內疚，「還疼嗎？」

「早不疼了，」他指著自己胸口，「就是這裡還有點疼。——傷了頭，問題不大，傷了心，就比較麻煩些。」

鄭苹嘿的一聲，「我有創可貼，待會兒給你的心包紮一下。」

周遊沒吃午飯，辦公室有速食麵，替他泡了一碗。鄭苹坐在對面，看他吃得香甜，「怎麼來了？」他回答：「你媽說要換人。」鄭苹一怔：「什麼？」他道：「你先冷靜，聽我說——你媽想讓駱以達演周樸園。」鄭苹一拍桌子：「胡說八道！」

「就知道你會這樣，所以我才過來，」周遊道，「我爸特意叫我關照你一聲，就讓駱以達跟老耿換一下角色吧。」

「晚上就要演了，這時候換人，開玩笑啊？」

「姓駱的演了那麼多年周樸園，稍微整理一下就行了。那個姓耿的，以前也演過魯貴，問題應該也不大。反正待會兒還要再排練，就著重排他們兩個的，不就行了？」

鄭苹不語，拿起電話要撥號碼，被周遊攔下：「別弄得大家不開心。你也曉得，晚上那個酒會，我爸是很看重的。你別讓他下不來臺。」

「我就是怕他下不來臺，才一定要打電話。再說排這戲花了我不少心力，我說什麼也不能讓它毀在這最後一場。」她說著去拿手機。周遊一把搶過，嗖嗖幾下，又把座機的線也全拔了，「——是你媽又不是你仇人，老跟她對著幹，不累啊？」

鄭苹去搶，搶了半天沒搶到，索性拿過桌上的車鑰匙，「我當面去跟她說——」周遊抓她手臂，她掙脫不掉，有些急了，一口咬下去。好在他早有提防，一讓，她撲個空。

「那個要不是你媽，就算你們掄菜刀，我也不管。——我是為你好。」他懇求的口氣。

她到底是沒去成。兩人走到樓下，倚著樹抽菸。一會兒，她說要喝酒，他不敢動，怕她又要走。鄭苹道，「我真要走，你以為你攔得住？」他飛也似的去便利店買了半打啤酒回來。兩人也不上樓，就坐在臺階上喝了起來。算起來，兩人好久沒這樣喝酒了。最囂張的是剛認識那陣，一個高三，一個大一，時不時地便去酒吧喝到深夜。統一口徑，對爸媽只說是溫習功課。鄭苹初時的想法，是聽周遊訴說車禍時的細節。父親去世的那一瞬，只是短短幾秒，她央求周遊，仔仔細細地，把這幾秒拉長、放大。再拉長，再放大。父親是從哪裡騎過來的，騎在哪條道上，靠裡還是靠外，當時路上行人是多是少，父親是一下子就去了呢，還是掙扎了一陣，他臉上表情如何，說了什麼話，等等。周遊是被這女孩嚇到了。倒不是嫌煩，而是詫異於她這個年齡，居然那樣冷靜地談論生死，不帶任何感情地，只是單純想知道那時的情形。她隔幾日便求他說一遍。他說的時候，她眼睛微閉，眉心稍稍攢著，手心也捏著，虔誠的神情。她聽得那樣仔細，以至於偶爾他說錯，她會立刻指出他的前後不符。後來兩人漸漸熟了，他會開玩笑地問她，「你小時候聽『百靈鳥』少兒廣播，是不是晚上聽一次，第二天中午再要聽一次重播？」她說：「有時候我真想殺了你爸爸——就跟他一樣，在你爸胸口捅上一刀。」周遊知道這個「他」是誰，「那為什麼不捅？」鄭苹停頓一下，沉吟道：「是啊，我為什麼不捅呢？——非但沒有捅他一刀，還和他成了一家人，吃他的用他的。我恨我媽嫁給他，可我為什麼也要跟過來呢？我是成年人了，有手有腳，就算扔在大街上也不至於會餓死。我要是再有骨氣一點，還可以跟我媽斷絕母女關係——所以有時候，我自己都不知道自己是個怎麼樣的人，心裡在想些什麼。」周遊聽了便有些黯然，「我爸也不是故意的。」鄭苹感慨：「所以這就是最尷尬的地方了，誰都不想故意做錯事，但就是有人受傷害。」周遊是第一次聽到十幾歲的女孩這樣說話。「如果有一天我喜歡上你，不是因為你漂亮，也不是因為你聰明，而是因為，你太奇怪了。」

半打啤酒很快喝完。鄭苹還要喝，周遊不讓，「準備待會兒打醉拳嗎？」她嘿了一聲：「我媽練過鐵布衫，一般外家功夫根本沒用。」他壞笑：「那我陪你練玉女心經，就楊過和小龍女練的那個。」她白他一眼：「你先把葵花寶典練好再說吧。」

他笑起來，問她：「還是跟我在一起更自在吧？」她知道他的意思，沒介面。他又道：「勸你一句，別老跟你媽過不去。我爸跟我媽離婚那陣，我也特別恨我爸，覺得這老傢伙忒不是東西，可後來再一想，他就算壞到天邊去，總歸是我爸，殺又殺不得，打又打不得，既然這樣，索性好好過吧。」

「那是因為你媽現在還活得好好的，」鄭苹道，「漂亮話人人會說，沒輪到自己頭上，說什麼都是假的。」

「那也不見得非得死個爸或是死個媽才有資格來勸你吧？」

「不用勸，勸了也沒用。我和我媽，這輩子就是冤家對頭，不可能好的了。」

「說了你又要怪我多管閒事，可把你爸的死全怪在你媽頭上，也不公平。這世上真的好人和壞人都不多，絕大部份都是中間地帶。你、我，還有你媽，我爸，都屬於這個範疇。做人嘛，就那麼回事，沒必要太執著。——你那個張一偉，又是什麼好東西了？」

「幹嘛又扯到他頭上？」鄭苹皺眉。

「我爸就算是為富不仁，他也不見得是出淤泥不染，」周遊嘿的一聲，「擺出一副替天行道的模樣，偽君子，我見了就想吐。」

「少借題發揮，」鄭苹提醒他，「我現在是熱戀階段，智商三十以下，聽不進。」

「沒關係，」周遊豁達地，「我這人有耐心，別說你們才剛開始，就算你和他結婚了，我也等著你們離婚的那天。不是我觸你霉頭，早早晚晚的事。」

「你就胡謅吧。」鄭苹搖頭。

他笑笑。停了停，忽地問她：「——你媽預備和我爸離婚，你知道嗎？」

鄭苹一怔，有些吃驚：「啊？」

下午兩點，社裡排練《雷雨》。話劇社二樓是排演室。將原先的主人房、書房連同小茶廳打通，家什統統搬走，空蕩蕩的一大間，不算很正規，但也過得去了。每隔幾天，演員們便到這裡排演。導演是當下炙手可熱的紅人，靠周遊出面，好不容易才將他請到。起初周遊勸她自己當導演，「你在英國學的不就是戲劇編導嘛。」鄭苹不肯，說學編導不見得就能當編導，我名片上印「藝術總監」已經很難為情了，如果再當導演等於是尋大家開心，拿您周少爺的錢開玩笑。周遊鄭重地表態：「我的錢就是你的錢」。這話鄭苹早聽慣了，只是笑：「少豁胖，你的錢是你爸的錢。」周遊涎著臉：「我爸也是你爸。」這話讓鄭苹不舒服，「我爸在天上。」周遊只好自找臺階下：「你爸先走一步，早晚都能碰頭。」

「周樸園」和「魯貴」到底是換了角色。跟老耿打招呼時，鄭苹都不曉得該怎麼開口，覺得挺不好意思。倒是老耿想得穿：「沒啥，本來就該這樣。演了一個月的周樸園，算是嚐了個鮮，也夠了。」鄭苹還是抱歉：「臨時換角，怎麼都講不過去。」

導演挺窩火，不好意思對女人發作，拉著周遊數落半天。周遊對付鄭苹沒轍，但對付別人，場面話加實在話，軟的硬的真的假的，很快便平息下去。一會兒，鄭母姍姍來遲，見了導演說一句「抱歉，來晚了」，隨行的小助理遞上紙巾，她輕輕按著妝面，嘴上對著導演，眼睛卻瞟過不遠處的駱以達。也是不落痕跡的。導演是八〇後，資歷上差了一個輩分，「沒事，也才剛開始，還沒到您呢——」周遊親自把鄭母迎進去，恭恭敬敬地，一口一個「阿姨」叫得貼心貼肺，「阿姨今天氣色真不錯，晚上肯定是個滿堂彩。」鄭母不答，見鄭苹背對著自己，只當沒看見似的，也不在意，徑直走到一邊坐下。

……

「你怎麼還不去？」

「上哪兒？」

「克大夫在等你，你不知道麼？」

「克大夫，誰是克大夫？」

「跟你從前看病的克大夫。」

「我的藥喝夠了，我不預備再喝了。」

「那麼你的病……」

「我沒有病。」

「克大夫是我在德國的好朋友，對於婦科很有研究。你的神經有點失常，他一定治得好。」

「誰說我的神經失常？你們為什麼這樣咒我？我沒有病，我沒有病，我告訴你，我沒有病！」

「你當著人這樣胡喊亂鬧，你自己有病，偏偏要諱病忌醫，不肯叫醫生治，這不就是神經上的病態麼？」

「哼，我假若是有病，也不是醫生治得好的。」

……

這段「繁漪」和「周樸園」的對手戲，鄭苹從小到大不知看過多少遍，隔了十來年，「周樸園」老了、瘦了，兩頰那裡癟下去，與膠原蛋白一起消逝的，是一去不回頭的好年華，流水似的，稍不留神便沒了蹤影。「繁漪」依然是舊模樣，妝化得濃，燈光一打，竟似比當年更豔麗了幾分。這些年養尊處優，臺上臺下都是貴太太，氣場也更接近了。

「繁漪」先下場。助理送上茶水，她喝了一口。導演道：「您演得到位。」她笑笑。一會兒，「周樸園」也下場了，與她隔了兩個座位。鄭苹遠遠站著，見「繁漪」撩了一下頭髮，臉朝他那邊轉去，不說話，很快又回到原位。他眼神微微一轉，其實是與她打了個照面的，但不動聲色。——有時候鄭苹也想，若是她與他真的結婚了，只怕未必有多麼恩愛。反不及眼下這麼若即若離似有似無，「求而不得」或許是男女間的最佳狀態，夾縫裡生出的那朵花最是撩人。鄭苹心裡歎了口氣。是替父親，也替自己。

目光不經意間與駱以達相對。鄭苹微微欠身，做了個「駱叔叔」的口形。駱以達點頭。表情多少有些尷尬。除去陳年舊事那段，上周他還問她預支了八萬塊薪水。不是第一次了。每次都是舊帳未消，新帳又來，一筆疊著一筆。他也實在是狼狽。銀行信用紀錄是零級，親戚朋友也不管他，走投無路了。只好問鄭苹借。鄭苹是有求必應。心想著就看你能走到哪一步。八年前床照的事，已經讓他身敗名裂了，吸毒的事小圈子裡大家也是心照不宣。再說花的也不是自己的錢。周遊都說過她幾次了，「把我當死人——」鄭苹說，「不是把你當死人，是當好人。」周遊說，「你就欺負我吧。」鄭苹說：「錢等於是我媽問你拿的，她不方便出面，只好我來。是她欠你人情，跟我沒關係。」周遊道：「你們母女倆，合起來欺負我們父子。」嘴上這麼說，臉上卻作出撒嬌的神情。鄭苹想起以前張一偉說的一句話，——「逼債的和欠債的團團坐，一屋子祥和。」他嘲諷地說，天底下每起車禍要是都能這麼和諧地解決，那法官和員警就統統沒事做了。

駱以達坐著不停地打呵欠，鼻子揉了又揉，都紅了一片。他癮是越來越大了。一雙手伸出來，雞爪似的，指甲倒是還修剪得整齊——他年輕時也是個相當注重儀表的人。鄭苹聽父親說過，他讀書時與駱以達一個宿舍，睡上下鋪，駱以達每天都拾掇得山青水綠，而父親則不修邊幅，穿了一個禮拜的襯衫，領口都發黃了，身上一披，照樣大搖大擺地走出去。那時兩人是關係很近的好友。很長一段時間裡，逢年過節，鄭苹都會收到駱以達的禮物和壓歲錢。那時鄭苹去的最多的地方就是劇團，坐在角落裡看排練。駱以達通常是站在居中的位置，燈光最亮。然後某個不經意間，鄭父上場了。——「魯貴」佝僂著身子，因為惶恐而有些結巴：「老、老爺，客、客來了。」「周樸園」道：「哦，先請到大客廳裡去。」「魯貴」道：「是，老爺。」腰彎得愈發低了，正眼也不敢瞧一眼。——鄭苹那時總是對母親抱怨，爸爸在臺上一點兒也不像他。「是演戲呢，」鄭母向女兒解釋，「臺上那不是你爸爸，也不是駱叔叔，是另外兩個人。」小鄭苹便很想不通，私底下關係那麼好的兩個人，到了臺上，原來可以演成那樣。燈光一打，臉和身形還是和原先一樣，人就成了另一個。「演戲」兩字，在鄭苹心裡是另一層概念，有些像「變了」的意思，——人沒變，心變了。是含著些傷感的成分的。所以漸漸的，鄭苹就不喜歡看話劇了，說不上來為什麼，就是不喜歡。即便不進去，站在劇院門口，也隱隱覺得難受。及至父親與駱以達下了臺，見到他們卸了妝的模樣，還是不舒服。鄭母常說這小姑娘有些奇怪。「看個熱鬧罷了，」她道，「沒必要想太多。臺上有人富貴有人倒楣，臺下也是如此——你索性別念書，出家當尼姑算了。」

手機響了，拿出來看，是張一偉發來的短信：「排練得怎麼樣？」

她回過去：「還行。」

「快下雨了，帶傘沒？」

「開車，不需要。」

他接著便沒聲音了。她猜他或許調了個鬧鐘，差不多時間便動靜一番，純粹禮節性的。

那罐紙鶴，他到底是沒拿走。應該是忘了。她聽他那樣說，倒是重新擦拭了一遍，瓶蓋有些生銹，拿鐵絲球擦了半天，才又鋥亮了。當年那張卡片，她也拿出來放在旁邊。那句「做朋友好嗎」，看著竟有些好笑了。當年生澀的小丫頭，明明額頭上寫著「屁都不懂」，偏偏還要故作老成，臉是板著，眼裡的殷切卻是怎麼也遮不住。被他那樣拒絕，眼淚都湧到鼻尖了，強自忍著，一口一口嚥回肚裡。

導演衝到臺上罵人。那個演四鳳的女孩子，叫刁瑞，不是科班出身，因為認識周遊，有些公關手段，便也擠了進來。臉蛋是一流，演技連三流也輪不上。導演都跟鄭苹說過幾次了，這人不行。鄭苹再去跟周遊說。周遊回答得也很實在：「我的人，你替我罩一罩。四鳳嘛，只要漂亮就行，要不然怎麼周萍和周沖都喜歡她？」鄭苹又好氣又好笑。有時候周遊對她瘋話說多了，她便拿這些觸他的霉頭：「別的不說，光我社裡的女演員，跟你好過的，加起來五個不止吧？」他扳著手指：「不止，算上刁瑞一共七個——不玩女演員，我砸那麼多錢辦話劇社，吃飽了撐的？」鄭苹點頭：「大實話，我喜歡。所以啊，你玩你的，少來惹我。」他恬不知恥：「玩歸玩，老婆還是你。」鄭苹搖頭無語。他說下去，「這麼多女人，我只給你畫過肖像——」他指的是她二十歲生日那天，他硬逼她坐著不動，給她畫了幅素描。那時她還留著一刀平的厚重瀏海，鼻子上有顆青春痘，唇線不太清晰，臉頰比現在要豐潤些。他把這些特點更加重幾分，讓她看上去顯得有些傻乎乎。她不滿意，作勢要把畫扔了，他不答應，死活讓她收起來，「等你老了，回想起來，我是第一個替你畫肖像的男人。」他說這話時，眼裡沒有一絲開玩笑的意思，神情一本正經得像個孩子。

被導演訓了幾句，「四鳳」求救似的轉向周遊。周遊扭頭不看，瞥見鄭苹似笑非笑的神情，聳了聳肩。「刁瑞」用上海話念與「貂蟬」是同一個音。鄭苹常取笑周遊，「找了個貂蟬，絕世美女啊——」周遊說刁瑞這個人挺難弄，「姓刁的，一聽就不好對付。」前陣子她居然懷孕了，拿著檢查結果找他要說法。他被逼急了，只好搞了張已結紮的醫生證明，把她嚇了回去。鄭苹笑說「四鳳都演上了，懷你周少爺的孩子還不是早點晚點的事？」周遊搖頭，「沒意思，到這份上就沒意思了，胃口太大，弄不好吃進去的全部吐出來。」

導演氣吼吼地下臺來，對鄭苹說「馬路上隨便拉一個過來，都比她強」。鄭苹笑笑，沒介面。吃這碗飯的女孩，心思一半在臺上，一半在臺下。刁瑞屬於沒掌握好比例的那種。有些失調。平時見了她一口一個「阿姐」，叫得很是親熱。鄭苹勸她有空可以去讀個戲劇表演課程，補一補臺詞功底，還有走位什麼的。她也只是敷衍。鄭苹辦話劇社，本意是想替父親出個氣，圓個夢。進來了才曉得，原來之前聽說的那些，十之八九都是真的。做人的套路，臺上臺下都差不多，臺下是浩瀚的人生，臺上是濃縮的世情。想得到的，想不到的，分分鐘都在發生。劇本講究的是「情理之中，意料之外」，現實每每也是如此。

排練中場休息。鄭苹坐著看手機，一條短信跳出來：「——六小時內本市將有雷電災害性活動，請市民留意。」再隨意翻看。——照片和視頻果然是都還原了。當初手機交給老耿時，鄭苹千叮嚀萬叮嚀，「別的無所謂，那些照片和視頻，一定要給我留住。」老耿說，「放心，你和你爸的回憶丟不了。」她眼圈頓時就有些紅，不自覺地低下頭，「我這人有些傻——」老耿看著她，歎氣：「這不叫傻，最多是癡。」

照片一張張飛快地翻過去，忽覺得不對，再翻回來——臉色不由得一變，下意識朝旁邊看去，把手機闔上。原地怔了幾秒，思路有些跟不上。猛的站起來，撞到旁邊椅背上，踉踉蹌蹌朝前衝了幾步，差點摔倒。快步上了樓，走進辦公室，把門鎖上。腦子兀自是嗡嗡的，做夢似的。手機握在手裡，都不敢碰了。過了片刻，才又重新拿起來，翻看。

——手機裡的視頻與照片，都是熟得不能再熟了。幾乎都能背下時間地點。只是突然間多了一張，時間久了畫質不甚清晰，但依然能看清是一男一女在床上，正是鄭母與駱以達。鄭苹怔怔看著，大腦起初是一片空白，像被人撞擊了一下，漸漸的，思路一點點理順了。看照片的存檔時間，正是車禍前幾日。——手機是父親的，照片自然是他拍的。將照片發去團領導那裡去的人，也只能是他。領導有他們的考量，收到照片後未必馬上動作，或許拖了幾日，事情因此在父親死後才爆發。這些都是有可能的。父親將照片發出後，應該是立刻便刪除了。只是他萬萬沒想到，店員在修復手機的時候，竟然將已經刪除掉的檔也統統還原了。當年陳冠希也是由於這個原因，才引出一場「豔照門」。——鄭苹覺得額頭有些涼，一摸，竟然全是汗。手腳有些發麻，緊接著，全身不自禁地顫抖起來。眼前閃過「魯貴」那張因為堆笑而有些扭曲的臉，躬著身，嘴裡叫「老爺」，因為臉上作得厲害，人又矮著，便看不清眼裡的神情。——鄭苹拿過一瓶水，咕嚕咕嚕灌下半瓶。喘著氣。重重地甩了一下頭，像要把什麼東西狠命甩出去。細想一下，中午那小弟的神情是有些異樣，想笑又不敢笑似的。——不該是這樣。她心裡一遍遍地說。不該是這樣。

回到排練室，周遊見到她，吃了一驚，「臉色這麼差，不舒服？」她搖頭，「沒事。」坐著繼續看排練，然而只見到臺上人影在動，什麼也沒看進去。一會兒，一人在旁邊座位坐下，她側目看去，是老耿。「累了吧，」他說她，「看你眼睛都直了。」

鄭苹勉強笑笑，瞥見老耿神情與往常無異，猜想他或許不知道這事。又有些吃不準，按常理，那小弟是他遠房親戚，手機該他拿回來才對，而讓她親自去一趟，似是有故意撇清的嫌疑。

鄭苹指著手機，「修好了，謝謝耿叔。」他道：「小事情。」她道：「都沒收錢，挺不好意思。」他道：「你平常那麼關照我，這點小事再收錢，我也別做人了。」鄭苹道：「話不能這麼說，親兄弟還要明算帳呢。」邊說邊留意他的反應，並不覺得有什麼。想或許是自己多心了。老耿又勸她：「換個手機吧，一個時髦大姑娘，拿著這個怪彆扭的。」鄭苹不語。老耿又道：「等到了我這歲數你就明白了，世上沒什麼是放不下的，你這麼放不下，苦的是你自己。想開點，你才幾歲啊。」

去衛生間洗了把臉，站在鏡子前半天。莫名的，有些害怕。不敢出去，不敢開口，不敢面對別人。像半夜做個噩夢，一腳踩空，醒來有些無所適從。鄭苹走出來，到陽臺抽菸。見到一輛黑色小轎車緩緩駛近，停下，司機匆匆出來開門——周父從車裡走下來。便怔了怔，想他怎麼也來了。抽完菸，回到排練室，周父已坐在那裡。鄭苹上前叫了聲「周伯伯」。周父笑吟吟地，在她肩上一拍，「苹苹辛苦了——」導演指著旁邊兩箱飲料，「周總給我們發補給來了。」周父道：「今天晚上結束後，夜宵我請。」眾人都鼓掌。鄭母坐在邊上不動，靜靜地看劇本。駱以達也不動，依然與她隔了兩個座位。周父主動與他打招呼，叫聲「駱老師」。駱以達要站起來，他做了個往下按的手勢，「您坐您坐——天氣熱，大家辛苦了。」駱以達道：「房間裡有空調，倒還好。」周父道：「總歸辛苦的。駱老師最近怎麼樣？」駱以達道：「蠻好。」周父點頭：「瘦了，不過精神看著倒比上回好些。」駱以達嘿的一聲：「好什麼，都五十好幾了，老了。」周父道：「駱老師就算到八十歲，氣度風采還是在的。——您呀，是人不老、心也不老。」說著笑起來。駱以達停頓一下，也笑了笑。

周遊「嗤」的一聲。鄭苹旁邊聽見了，問他：「怎麼？」他聳聳肩：「沒怎麼——鼻子有點癢。」鄭苹道：「有話就說。」他停了停，「要是你嫁給了我，再跟那個姓張的搞七捻三，我可做不到我爸這樣。」鄭苹搖了搖頭，沒作聲。周遊又道：「我要是女人，也喜歡駱以達。」鄭苹問：「為什麼？」周遊回答：「不知道，就是有這種感覺。男人看男人，其實更準。討女人喜歡的男人，男人一聞就聞出來了。」

周父重又回到鄭母身邊，坐下。「真人比海報更漂亮。」他遞給鄭母一張塑封的海報，是這一場《雷雨》的特別版。鄭母接過，看了一眼，「ＰＳ得都不像我了。」周父笑道：「你也知道ＰＳ？」鄭母嘿的一聲：「我是外星人，連ＰＳ都不知道。」

周父便笑著轉向鄭苹：「你瞧你媽，越來越懂經了。」又說預備把晚上這場的收入全部用於慈善，「你看怎麼樣？」他問鄭母。鄭母道：「你都定了，還來問我？」周父去攬她肩膀：「要夫人拍板了才行——」

這邊說說笑笑，那邊駱以達一人獨坐著。手裡拿著劇本，也是看看停停。鄭苹見周圍無人留意，便走過去，從口袋裡掏出一樣東西塞到他手裡，駱以達接過一看，竟是一根針管，頓時張口結舌起來，「這——」鄭苹道，「落在走廊裡，我撿起來的——小心點，給人看見總歸麻煩。」駱以達漲紅了臉，把針管收好，囁嚅著，「苹苹——」鄭苹道：「下月排新戲，《茶館》。」駱以達停了停，「黃胖子還是劉麻子？」鄭苹一句「龐太監」在嘴裡打了個轉，瞥見他鬢角與鬍鬚泛著雪白，心頭湧上一絲酸楚，猶豫著，「——再看吧。」

黃昏五點，雨還沒落下來。天色已是難看得很，像頂著口鍋蓋。風一陣接著一陣，越來越淩厲。將窗簾吹起九十度角，仙人掌的刺針都在沙沙抖動。老天爺憋著勁，似是要把這鋪墊做到最足，才肯爽爽氣氣地落一場。

周父站在窗邊，眉頭微皺，似是不太滿意這天氣。旁邊一人問他：「周總不喜歡下雨天？」他笑笑：「那倒不是，只不過今天是大日子，下雨總歸煩心些。」那人湊趣：「周總見慣大場面了，還怕這點小雨？」周父便嘿的一聲：「你不曉得，人跟什麼東西較勁都可以，唯獨不能跟天較勁。人在老天爺面前，就跟個小螞蟻沒兩樣。說一個人『天不怕地不怕』，那要麼是假的，要麼就是傻子。」

排練結束後，鄭母說想去附近走一走。周父道，「七點半開場，時間有些緊，況且天氣也不好。」鄭母道，「只走一會兒，用不了多久。」周父拗不過，只得隨她，「我待會兒還有事，——莘莘陪你吧。」鄭母想說「我不用人陪」，鄭莘已接了口，「好。」不禁有些意外，朝她看去。鄭莘到抽屜裡拿了把傘，「——順著襄陽路走到復興路，從那頭再繞回來。」

母女倆緩緩走著。這一段因為毗鄰陝西路、淮海路，也算得半條主幹道，雖規定了單行道，但馬路窄，還是顯得逼仄。鄭母的高跟鞋，室內走得漂亮，室外走就有些辛苦。一路「叮叮」地過去，一腳高一腳低，自己受罪，旁人看著也難受。鄭莘道：「一會兒要是下雨，你這雙鞋就廢了。」鄭母道：「習慣了，在外面不穿高跟鞋就跟沒穿衣服似的。」鄭莘嘿的一聲：「累不累？」鄭母道：「做人哪有不累的？」鄭莘道：「那你索性踩高蹺吧。」鄭母搖頭：「又來了，——你累不累？」鄭莘道：「不是說了，做人哪有不累的？」

鄭母停下來。鄭苹瞥了一眼她腳踝處，都磨紅了。從包裡拿出創可貼，蹲下身子，替她貼上。站起來，與母親目光相對。鄭母停頓一下，「隨身還帶這個？」鄭苹道：「以防萬一。」鄭母道：「你倒是周全。」鄭苹道：「天底下的事情，今天保不準明天。全靠自己當心。」

母女倆復又向前走去。

「和那男人怎樣了？」鄭母問。

鄭苹停了停，沒有正面回答，而是問母親：「男人對你是不是真心，怎麼看得出來？」

鄭母思忖一下，「有時候得憑感覺。講不清的。」

「他呢？」鄭苹問，「是不是真心？」

「誰？」

「明知故問。」

鄭母沉吟著，「應該是吧。」

「那我爸呢？」鄭苹沒頭沒腦地來了句。

鄭母怔了怔，還不及回答，鄭苹又問：

「我爸是個怎麼樣的人？」

「你爸，對我不錯。」

「你和駱以達的事，我爸知道嗎？」鄭苹徑直問下去。

鄭母又是一怔，「——還是到此為止吧，晚上有演出，大家都別壞了心情。」

「我沒想跟你吵架，」鄭苹踢著腳下一塊小石頭，「——就是有點好奇。」

「你爸那個人，就算知道了也只會憋在肚子裡，不會聲張，」鄭母停頓一下，「他是個老實人，其實挺有才氣，就是運氣不好。」

鄭苹不語。過了片刻，又問，「——聽說你要離婚？」鄭母詫異地，「——周遊說的？」鄭苹學她之前的口氣：「沒人說，我就不知道了嗎？」

一輛助動車從後面駛來，鄭苹將母親朝裡推些。鄭母覺出這動作有些反常的親暱，心頭一暖，「你說——我下半輩子要是跟他過，怎樣？」

「你哪裡還有下半輩子？最多三分之一了。」

「所以啊，」鄭母並不以為忤，「三分之二都浪費了，再不抓緊，就來不及了。」

「我無所謂，你開心就好。」

「都這把年紀了，也不是為了開心，——安心還差不多，」鄭母道，「他都落魄成那樣了，再撇下他，實在說不過去。」

鄭苹不吭聲。瞥見母親的側臉，頰骨與下巴連成一個圓潤的線條，睫毛顫著。五官也是柔和之極。母女倆許久沒離得這麼近聊天了。風愈來愈大，將她前面一綹瀏海吹得不斷揚起，她拿手去捋，剛捋上去，又落下來。捋了幾次，便索性不管了。

「有事？」鄭母朝女兒看。

鄭苹一怔，把表情做得更自然些，「——沒事。」

「今天有點奇怪。」

鄭苹嘿的一聲，掩飾地，「在你眼裡，我一直是奇怪的。」

回到話劇社，司機已等在路邊。鄭母上了車。鄭苹到辦公室去拿包，經過排練室時，見門虛掩著，裡面似是有人。走進去，見駱以達一人坐著，動也不動。老僧入定般。連她推門進來也未察覺。

「駱叔叔。」鄭苹叫了聲。

他一震，猛然醒覺，「哦。」

「怎麼還不走，一個人坐在這裡？」

「啊，這個——」他似是還未回過神來，霍的站起來，「我馬上就走，馬上。」

鄭苹見他臉色發白，整個人竟似在發抖，不禁吃驚，「您沒事吧？」

「沒事，沒事。」他朝外走去，腳不知被什麼絆了一下，險些摔倒。鄭苹扶住他，說聲「小心」，摸到他手心一片冰冷。他勉強笑笑，出去了。

老耿也沒走，在陽臺抽菸。鄭苹問他，「剛才我和我媽出去那會兒，沒發生什麼事吧，怎麼駱以達臉色難看成那樣？」老耿表情有些微妙，「沒什麼，就周總拉他聊了一會兒。」鄭苹沒再多問，心想周遊爸爸這就有些失分寸了，晚上還要演出呢，興師問罪也不該挑這時候。拿出手機要給母親打電話，讓她安撫一下。想想又放下了。這當口多一事不如少一事。老耿還在說剛才排練的事，「老駱演周樸園，到底是不一樣。」鄭苹嗯了一聲。老耿又加了句：「你媽也是，功架在那兒，原先那個完全沒法比。」鄭苹有些心不在焉，只是笑笑。

正要出發去劇場，忽然接到導演的電話，火急火燎的聲音：

「刁瑞的事，你知道嗎？」

鄭苹一愣，「怎麼了？」

「這小女人，莫名其妙給我發了條短信，說她晚上不演了，讓我另外找人。」

鄭苹詫異極了，「怎麼回事？」

「誰知道，下午還好好的，突然說不演就不演了，她要早說倒還好，我老早就想把她換下了。可現在這個時候，讓我上哪兒找人去？」導演氣急敗壞地，有些口不擇言，「今天是怎麼了，一會兒是換角，一會兒又給我玩人間蒸發，老的小的，存心想把我弄瘋是不是？」

鄭苹說聲「我來想辦法」，掛了電話，立刻便給周遊打過去。

「你們家貂蟬怎麼回事？」她問。

電話那頭停頓一下，有些詭異的口氣，「——那得先問你們家張一偉怎麼回事。」

鄭苹愣了愣，一時沒明白。

「你的男朋友，把我的人藏了起來，什麼意思？」

「再說明白點。」鄭苹有些不耐煩。

「電話裡說不清楚，你來劇場再說。」不待鄭苹回答，那頭已先掛了。

去劇場的路上，鄭苹不停給張一偉打電話，都是忙音。把油門踩到底，小廂車當跑車開，呼嘯著來到大劇場。一眾演員都在。導演不停地打電話，聯繫「四鳳」的候補。勉強找到一個，但也沒敲定，說還要再看看。導演氣吼吼地對周遊道：「你把酬勞給我往死裡開，現在只能拿錢壓人了，壓死一個算一個。」周遊答應了。鄭苹把周遊拉到一邊：

「說吧，到底怎麼回事？」

「還能怎麼回事，——姓張的想整死我。」

鄭苹愈發吃驚了。「什麼意思？」

周遊停頓一下，「上個月，我叫刁瑞陪個土地局的處長過夜，替我搞定一個項目。姓張的肯定是知道這事了，所以先把刁瑞藏起來。刁瑞要是上庭作證，這官司我非輸不可。」

鄭苹倒吸一口冷氣。這才知道事情的嚴重性。

「你怎麼知道是張一偉把她藏起來了？他要是真想整你，直接上法庭不就行了，幹嘛還告訴你？」鄭苹想不通。

周遊不說話，把手機遞過來，給她看上面的短信：「最後給你一次機會，如果你不答應，那我們法庭見。做不成夫妻，那就做仇人吧。你好好考慮。」

鄭苹一怔，隨即明白是刁瑞拿這事要脅周遊。搖了搖頭，把手機還給周遊，「你活該。她不是你的人嗎，還讓她去陪什麼處長？——真不要臉。」

「這女人，別把我逼急了。」周遊咬著牙。

「汙七八糟——」鄭苹皺眉。

「別說得你像天上下來似的。這世界就這樣，你不知道？」

鄭苹曉得他心煩，不跟他計較。這時，周父和鄭母也到了。周父應該是已經知道了，但神情依然無異，笑吟吟地安撫眾人：「這就叫好事多磨——」只是叮囑了鄭苹一句，「待會兒酒會的開場，苹苹你替我盯好。」鄭苹答應一聲。酒會開場有個儀式，是她負責的。找了個專業的晚會策劃，按周父的要求，要弄得風風光光。

周父近年來開始涉足慈善界，成立了一個基金會，就在今晚揭牌。張一偉說他是「老鴇子改行當婦聯主席」，這話有些刻薄。鄭苹覺得張一偉太鑽牛角尖了。鄭苹也愛鑽牛角尖，比如父親那件事。但鄭苹的牛角尖，是就事論事的鑽。張一偉不同。他喜歡把問題上升到另一個層次，再呈放射狀向外延伸。在鄭苹看來，其實是有些不講道理。當年那筆事故賠償金，張家到底是沒有收下。因此這些年，他和他母親過得很苦。他很少與鄭苹聊起這事。唯獨有一次，他與鄭苹在墓地偶遇。兩家父親都葬在嘉定松鶴公墓。兩人本來話不多，但在這種場合碰到了，出於禮貌，便各自到對方的父親墓前鞠了個躬。鄭苹看碑上的照片，張父長相很溫和，眉眼淡淡的，像老太太。算下來，走的那年是四十三歲，比鄭父還小了一歲。

那天，張一偉告訴鄭苹，其實是他媽不肯收那筆錢。他媽是個很硬氣的人，也吃得起苦。他父親去世前在一家私營工廠幹活，後來廠長捲了錢跑了，拿不到工資，家裡開銷就靠他媽給人家做鐘點工。他父親的意思是，上海待不下去了，看樣子還得回蘇北老家。他媽不肯，說老家原先的棉紡廠也倒閉了，回去也是餓死。她說實在不行就做點小生意，賣大餅油條，或是沙縣小吃什麼的。「他們是希望再撐個幾年，等我考上大學，好歹能有個盼頭。可沒想到——」張一偉說到這裡，哽咽了一下，又說到那筆賠償金，「想拿錢買我爸的命，沒門。」鄭苹覺得這話好像不對，但一時也不知該怎麼反駁。他講話毫不顧忌，「我挺佩服你媽，居然會嫁給撞死自己老公的人。你也是，一點也不覺得彆扭嗎？換了我，一把火燒個乾淨，然後直接上少林寺了。」鄭苹聽了挺不舒服，但不想在他面前失態，把話說得四平八穩：「你爸和我爸的死，不能全怪周遊爸爸。」他有些嘲弄地看她一眼，「他要是個窮光蛋，你也會這麼說嗎？」這話更加過分，不給人留餘地了。鄭苹那時才二十歲不到，換了別人早就發作了，但張一偉是例外，女孩碰到心儀的男生，總是會裝腔作勢一番。鄭苹記得自己那天修養很好，始終保持著三十六度七的健康體溫，打定主意就算他當面罵娘也絕不還口。

她對他說，天底下的事情，其實講不清的，沒必要每件事都去爭個是非對錯，你勸勸你媽，把那筆錢收下來多好。——她終是糾結於他沒有收下那筆錢。她有個老鄰居與他上同一所高中，隔三岔五便把他的事情告訴她。他每天都帶飯，基本上是白飯加鹹菜。永遠穿一雙鞋。學校裡凡是要花錢的活動全部不參加。除了上學，所有的時間都用來打零工。他甚至在校園裡撿同學喝完的飲料瓶子，裝進書包。——鄭苹本來也恨周父，後來再大些，將心比心，便覺得周父也不容易，畢竟責任不在他，換個面黑心冷的，一句「誰讓你爸自己闖紅燈」便能把你彈回去，更何況人家還挨了一刀。收下那筆錢，接受人家的歉意，與人方便，自己方便，是兩全其美的事。可張一偉不同意。他咬牙切齒地對她道，「大家都是人，憑什麼別人撞死人就要坐牢，而那老傢伙撞死人，一點事也沒有？他憑什麼這麼囂張？有錢就可以逍遙法外，就可以為所欲為麼？他頭上長角麼，有免死金牌麼？」張一偉的語氣充滿了不平與憤怒。鄭苹無言以對。她猜他這麼偏激，應該與他之前的家境有關。她不知道該怎麼勸他，她和他的思路是兩條平行線，交不了集。

沒心沒肺起來，她也曾把他的話學給周遊聽。周遊道：「在窮人眼裡，總覺得天底下的有錢人，統統都是為富不仁。其實這也是一種心理變態。姓張的就是個徹徹底底的變態。」唯獨提到張一偉，周遊才會把話說得這麼促狹。他曾經問鄭苹，到底喜歡張一偉哪裡？鄭苹答不出來，說，喜歡就是喜歡，沒道理的。那時他才二十出頭，為此大受刺激，幾天後大學裡期末考試，居然一個人跑去西藏，回來時整個人曬得烏漆抹黑，包裡塞滿了皺巴巴的畫紙。門門功課都缺考，成績單上清一色的零分。周父沒收了他所有的信用卡，罰他在家反思。換了別的女孩，也許會安慰他一番。可鄭苹沒有。她覺得還是不理他比較好。她甚至在他心情平復了以後，很認真地替他分析，「為什麼張一偉會說你們為富不仁？換了他，心情再糟糕，也不敢不考試，因為大學文憑對他很重要，他的前途，他和他媽媽的將來，都要靠這張文憑。可你無所謂，哪怕你只有小學文憑，你爸照樣可以安排你到他公司去上班，你是太子爺、接班人。所以說，不是你有個性，是你有資本。在我看來，你這種舉動一點也不帥，反而說明你小兒科。」周遊吃癟。男人碰到促狹的女人，其實挺頭疼，打不得也罵不得，只能投降。有時候鄭苹也覺得挺對不起周遊。別的不提，單是話劇社那幢小洋房，便是周遊買了給她的。她死活不要，周遊勸到最後，也煩了，丟下一句「是借給你用，又不是把產權給你，你每月付房租就是了——」她才答應了。心裡清楚，她占著他的好處，卻又不承他的情，忒不厚道了。連鄭母都提醒過她幾次，「你要怎麼收場？」鄭母自己情路坎坷，於男女間的進退算度，便看得極為清透。彼此花在對方身上的用心，像天平上的砝碼，多一分，少一分，立刻便顯現出來。她說鄭苹，女人最忌諱話說得不清不楚，要麼是虛榮，要麼就是糊塗。鄭苹想想也是，跑去對周遊交了底，「你再怎麼花心思也沒用，這輩子不可能的——」誰知周遊只是「哦」的一聲，聽過便算。接下去一切照舊。鄭苹覺得，不是自己說得不夠清楚，而是那位臉皮太厚。但不管怎樣，鄭苹對周遊還是心存感激的，倘或沒有他，這些年她會過得更糟。比起張一偉，周遊其實更像個孩子。她記得他大學畢業後，第一次陪父親去談生意，直至半夜才回來，敲開她的門，呆呆一坐就是半晌。他說他不喜歡那種環境，不喜歡酒席上大家說話的模樣，彆扭極了，「看樣子以後要一直這樣了，——怎麼辦？」他一臉苦惱，茫然地看著鄭苹。鄭苹其實也沒有答案，連安慰的話也不知從何說起。照例又是喝酒。周遊說他高考填志願時與父親幾乎大打出手。他想報考美院，可周父硬要他讀「企業管理」。周父說，等你坐到我這位置，便是一天畫十幅也無妨，畫畫這玩意兒，是錦上添花，跟打高爾夫玩賽車差不多，靠它吃飯就沒必要了。他拗不過父親。原則問題上，周父從不會退讓半分。兩個半大不小的孩子在那晚斷斷續續地感慨著人生，說著「人生不如意十之八九」、「天涯何處覓知音」。酒精讓思路時而停滯，時而跳躍，繼而是混亂無比。他問她，我本來能當畫家，你信不信？她很鄭重地點頭：信。——後來的日子裡，無論周遊在生意場上磨礪得如何滴水不漏、收放自如，鄭苹始終覺得，那天晚上那個愁眉苦臉的傻小子，其實才是真正的他。

周遊的電話響了。他到一旁接聽。片刻後，走到焦頭爛額的導演身邊，拍了拍他肩膀：

「朋友，別煩惱了，——刁瑞一會兒就到，照舊演她的四鳳。」

晚上七點，大劇院後臺，一眾演員都已化妝完畢，各自坐著待命。鄭母有獨立的休息室，閉目養神。助理替她按摩後頸。陰雨天，頸椎就酸痛，老毛病了。門半開著，正對著駱以達，瞥見他拿著一本書在看。這是他多年的習慣了，臨上場前要看書。二十年前他最喜歡看蘇聯小說，《安娜卡列琳娜》、《罪與罰》、《復活》……厚厚一本拿在手裡，說是最能穩定情緒。她不一樣，嫌看書太累，費腦子，倒把好不容易記住的臺詞給忘了。他出自書香門第，父母都是大學老師，再往上，他爺爺是國民黨的高官，四九年去了臺灣。他家教很嚴，要不是趕上那段亂哄哄的六、七〇年代，他父母無論如何不會讓他去當演員，尤其是他母親，很高傲的模樣，看誰都覺得是下九流。鄭母有時候也想，虧得沒嫁給駱以達，否則婆媳關係處不好，也難受。各人有各人的緣法，她和他，命中註定便是要這麼折騰。幾周前，她把意思跟他說了。他瞪大眼睛，半晌，又是那句：「你不怕？」她也還是那句：「只要你不怕，我就不怕。」她面上無異，心裡其實是有些忐忑的，怕這人又往後縮。他都到了這個境地了，退無可退，該她患得患失才對。倘若他口裡再說出個「不」字來，她打定主意，這輩子是不會再與他見面了。——幸虧沒有。他抖抖豁豁地，把她攬入懷裡。她聽到他隱隱的哽咽聲，那一瞬，心頭一酸，眼淚也跟著落下來。

駱以達闔上書，起身去衛生間，一張卡片似的東西從書裡掉出來。他沒察覺。一會兒回來，見鄭母站在那裡，手裡拿著那張登機牌，心裡咯噔一下，與她目光相接。兩人不說話，也不動，就那樣站著。僵持著。旁人見他們的模樣，都詫異不已，也不敢出聲。只隔了幾秒鐘，便似幾個世紀那樣漫長。駱以達嘴巴動了動，想說話，卻一個字也發不出來。喉口被什麼堵住了。

「要去澳洲？」還是鄭母先開的口。

「嗯。」他有些澀然的聲音，像含著口痰。

「旅遊？」她看他。完全詢問的口氣。

他深吸一口氣，又吐出來，似是斟酌了許久，「——不是。」

話說出口那瞬，他看到她眼裡有什麼東西閃了一下，隨即湼滅了。像螢火蟲逝去的時刻。從絢爛到枯竭，只是一秒鐘的工夫。他甚至聽到她身體裡「崩」的一聲輕響，什麼東西斷了。他內疚得都不敢看她了。周遊爸爸很道地，買的是頭等艙的機票。話說得也貼心貼肺，「澳洲是好地方，養老最合適。那邊都安排好了，完全不用你操一點心，這兩天收拾一下，下禮拜二就走——」他一百個不情願，可完全沒有招架的餘地。藏毒罪不大不小，判起來可長可短，周父一手拿著澳洲的移民資料，一手握著他的小辮子。全中國那麼多吸毒的人，本來家裡放一點海洛因也是尋常事，可真要是有人拿這個做文章，上上下下再通點路子，也是要吃不了兜著走的。周父的口氣一點兒也不像威脅，「——是去澳洲享福，還是要在牢裡待個三五年，駱老師您自己決定。」駱以達收下登機牌的時候，手抖得厲害，幾乎都握不住了。眼前發黑，身子晃了幾下，扶住椅背才勉強撐著不倒下去，又狠狠地想，你有什麼資格昏倒，你就是死，也是不夠格的。你就卑微地活在這世上吧。他想到「卑微」這兩個字，竟窘得有些想笑了。

鄭母站了會兒，說聲「蠻好」，便要回到原座。駱以達依然是不動。周父旁邊走過來，親親熱熱地扶住她的肩膀，「駱老師這麼快就公開了？不是說等話劇結束才宣佈嘛。——也對，好事情，晚說不如早說。上海ＡＱＩ指數那麼嚇人，換了我也想移民。恭喜啊駱老師。」

眾人回過神來，紛紛向駱以達表示祝賀。鄭苹有些擔心地看向母親。後者只是輕輕搖了搖頭，便走去衛生間。鄭苹跟上她，也不說話，只是與她並肩。鄭母說，你去吧。鄭苹嗯了一聲，卻不走開。鄭母又說一遍，去吧，讓我靜靜。鄭苹這才停住。瞥見眾人的神情，嘴上說著「恭喜」，卻都是有些異樣。後臺的氣氛陡然變得有些詭異。駱以達坐著，不說話也不動彈。周遊走到鄭苹身邊，幽幽地來了句：

「人生如戲啊。」

鄭苹不語，想起下午問母親「男人對你是不是真心，怎麼看得出來」，母親那時的口氣，其實也不是很有把握的。說到底每個人只能對自己負責，再親再熟的人，一顆心終究是隔了肚皮，完全估不準的。鄭苹心裡歎了口氣，又想起父親拍那些照片，把所有人都蒙在鼓裡。母親至今仍認定那照片是她拍的。世上出乎意料的事情太多了。鄭苹記憶裡的父親，話很少，好好先生的模樣，母親說什麼，他就聽什麼，從不違拗，跟駱以達也是親兄弟一樣的交情。她無論如何想像不出，父親躲在暗處拍照時，會是怎樣一幅情形。按下快門那刻，瞳孔收縮，拳頭握緊，扭曲的快感。臺上輸給他的，臺下雙倍來討。連同她給他的屈辱，一起來算。鄭苹猜想，父親對母親，應該也是真心的。周遊說過，討女人喜歡的男人，男人一聞就聞得出來。女人也是如此，討男人喜歡的女人，女人也能聞出來。加上周父，母親占了三個男人的心，卻一點兒也不快樂。這些年來，鄭苹頭一次覺得母親可憐。

「怎麼搞定刁瑞的？」鄭苹問周遊。

周遊不說話，鼻子裡哼出一口冷氣。

鄭苹猜到了答案。「她真纏著你結婚，怎麼辦？」

「那就結吧，」周遊惡狠狠的口氣，「——你等著我，我早晚弄死她，再來尋你。」

鄭苹朝他看，不合時宜地笑了笑。如果不笑氣氛就更不對了。明明是六月裡的天，毛孔竟生生滋著冷氣。停了停，她傻乎乎地說句：「結吧，早晚總要結的，討個貂蟬也不錯。」

正說著話，一人從外面進來。正是張一偉。穿得很正式。西裝領帶，頭式也很清楚。他繞過眾人，徑直走到鄭苹面前。鄭苹怔了怔，還未說話，他已先開口：

「我媽坐下了。——我進來看看你。」

鄭苹停頓一下，「哦。」

「還是頭一次來後臺，挺有意思的，」他瞥過一旁的刁瑞，神情不變，又朝周遊點點頭，算是打招呼，「周公子，這陣子還行吧？」

「托你的福，蠻好。」

「氣色不錯。」張一偉加上一句。

「天天吃野山參，大拇指那麼粗的。」

「天氣熱，當心上火。」

「不吃飽人參，怎麼有力氣跟神經病鬥智鬥勇？」

張一偉嘿的一聲。周遊揉了揉鼻子，作勢摳鼻屎，往地上彈了彈。不遠處的周父也朝這邊投來視線。張一偉只當沒看見，自顧自地拉起鄭苹的手，捏了捏，「你忙，我先下去了。」鄭苹點點頭。瞥見刁瑞自始至終低著頭，不敢看他。又想，張一偉統共也只來過話劇社兩、三次，竟能策反這女孩，不曉得是怎麼做到的。可惜這女孩太想飛上枝頭當鳳凰了，他這麼做，費心費力，卻也只是給她一次要脅的機會罷了。

對講機裡通知「各就各位」。鄭母站起來便朝外走，周父拉她手臂，有些驚惶地：

「你做啥？」

她輕輕甩脫，「做啥？——去外面透透氣，抽根菸。」瞥見他不太相信的神情，又冷哼一聲，「放心，我是演員，不會開這種玩笑。」說著又要走。周父不鬆手。她有些嘲弄地看他一眼，「早知如此，又何必挑今天呢？——我知道你是想讓他演完才說的，可惜，人算不如天算，包袱提早抖開了。」她難得對他說這麼多話，語速又是極快的。周父依然是不鬆手。臉上神情做得若無其事。礙著旁人在，她說話也是極小聲。

「先坐下。」周父壓著音量，語氣卻是有些嚴厲了。

她朝他看。忽的，重重地甩開了他。他沒提防，往後踉踉蹌蹌退了兩步。她徑直朝外走去。高跟鞋在地上踏得清清脆脆，旗袍勾勒出的腰肢，隨身形微微擺動。經過駱以達身邊時，她停下來，雖只是一秒鐘不到的時間，也很明顯了——似是等他交待什麼，說些話，或是做些什麼。——可惜沒有。他背對著她，動也不動，木頭人似的。她一顆心直沉下去。再不停留，快步往前走去。舞臺督導早下了指令，所有演員在後臺待命，但見她這樣，也不敢攔。鄭苹上前跟著母親，見她開了側門出去，果然點了支菸。

「要嗎？」鄭母拿著菸，問她。

鄭苹接過。母女倆還是第一次一起抽菸。鄭苹知道母親會抽菸，但從未見過。鄭母抽菸姿勢很漂亮，纖長的手指夾著。但一看便是花架子，煙多數吐了出來，並不真吸進去。兩人不說話，各自朝著一邊抽菸。很快抽完了，鄭母把菸頭在牆上掐滅。

「進去吧。」她道。

話劇演得很順利。臺下幾乎是座無虛席。不少是二十年前「繁漪」的粉絲，專程沖著她來的。隔了這麼久，「周樸園」和「繁漪」都還是當年的面孔。舞臺會轉，像地球一樣，到了一定時候又會轉回來。人都還站在原地呢。演員有新舊之分，觀眾也是如此。新觀眾看的是熱鬧，老觀眾看的是情懷。逝去的年華是本書，翻一頁過去，便在心上留道印跡，一頁一頁，密密麻麻。還未開演，心裡已是滿的，及至看見人，歲月的感覺襲上心頭，立刻便滿溢出來，哭與笑，喜與悲，臺上臺下都是相連的。

很快，演至結尾高潮處。「繁漪」痛苦地：

「萍，你說，你說出來；我不怕，我早已忘了我自己。（向周沖）你不要以為我是你的母親，你的母親早死了，早叫你父親壓死了，悶死了。現在我不是你的母親。她是見著周萍又活了的女人，她也是要一個男人真愛她，要真真活著的女人！」

「周沖」心痛地：「哦，媽。」

「周萍」對著「周沖」：「她病了。（向繁漪）你跟我上樓去吧！你大概是該歇一歇。」

「胡說！我沒有病，我沒有病，我神經上沒有一點病。你們不要以為我說胡話。我忍了多少年了，我在這個死地方，監獄似的周公館，陪著一個閻王十八年了，我的心並沒有死；你的父親只叫我生了沖兒，然而我的心，我這個人還是我的——」

「繁漪」說到這裡，忽然停下來，走到臺前。飾演「周沖」的是個年輕演員，經驗不足，見她對白說到一半，與排練時不符，便也愣在那裡，不知所措。「繁漪」對著臺下，哀傷地望向遠處，一動不動。燈光打在她的臉上，五官像瓷器般紋理細膩，透著光。很美。劇場裡靜寂一片。連「繁漪」輕輕的一聲歎息，都聽得清清楚楚。她說下去：

「就只有他才要了我整個的人，——可是他現在不要我，又不要我了！」

這句對白，她本該是對著「周萍」說的。此刻卻是對著臺下，第一排的觀眾都看到她眼裡噙的淚了。她停頓一下，又說了一遍，「——他又不要我了！」話衝出口那瞬，喉口立時便啞了。什麼東西湧到鼻尖，澀得發苦。每個字都似是帶著翅膀，在劇場內盤旋，還有回音。臺上站著好幾個演員，觀眾卻只盯著她一人看。她是舞臺的中心。有熟悉《雷雨》的，已覺出些不對，但又懷疑是新版的噱頭，故意這麼演的。

「繁漪」說完那句，停下來，靜靜地看著前方。「他又不要我了！」——她滿腦子都是這句，接下去的臺詞，竟是一點也想不起來了。她完全不擔心，反而一身輕鬆，想，索性就這麼一直站著吧。腦子裡是空白的。她又往前跨一步，再一步。腳像踏在雲朵裡，整個人似是飛了起來。跳下舞臺那瞬，她眼前閃過他的臉——是初見面時的那張青青澀澀的臉，孩子似的純真眼神，看她時有些露怯，看一眼，停一停，再看一眼。反倒不及她大方。他替她把行李拿到宿舍。她聽到別人叫他的名字，駱以達，駱以達，她心裡念了兩遍，頓時便記住了。他笑的時候，居然還有酒窩。左邊那個深，右邊的要淺一些，不對稱，但依然好看。——她覺得自己很沒有出息，這當口還想著他。這場戲沒有他，他該是坐在後臺，揣著那張去澳洲的登機牌。她曉得他有苦衷。這些年，他每回都有苦衷。否則他早娶了她。可又怎麼樣呢，他終究是沒有。「苦衷」在她看來，跟「藉口」差不多。天底下又有多少戀情是一帆風順的？那些負心的，誰的嘴裡又倒不出幾汪苦水來？——她竟忍不住想笑了。不知是笑別人，還是笑自己。

她直直地往前倒去。舞臺很高，摔下去必死無疑。她想，比喝農藥好，演員死在劇場裡，那是最妙的結局。——忽然，一雙手抓住了她。眾人驚呼聲中，「周樸園」

變戲法似地出現了，牢牢抓住「繁漪」。她兀自沒有反應過來，及至被他抱在懷裡，聞到他身上那再熟悉不過的味道，不由得呆了。他抱得她那樣緊，完全不管不顧地。她幾乎要透不過氣來，一陣暈眩。想，這是夢吧。肯定是。否則他怎麼會當著這麼多人的面抱她？這麼大的場合，這麼亮的燈光，這麼多雙眼睛看著——不是夢是什麼？她聽到他的心跳聲，還有自己的。撲通撲通。也不知過了多久，她終是忍不住，眼淚奪眶而出，像個孩子那樣哭了起來。

晚上九點半，慈善酒會準時開始。就在大劇院樓上的望星空宴會廳，佈置得金碧輝煌。正中是「怡基金揭幕酒會」幾個大字。鄭母換了套衣服出來。周父攬著她，笑吟吟地招呼客人。有客人問起鄭母，身體怎麼樣。鄭母還未回答，周父已搶在前頭，「為了穿旗袍漂亮，連著十來天都不吃主食，女人就愛這麼作踐自己。」說著朝鄭母看，「你呀，早勸過你了，演戲也是體力活，不吃飯，別昏倒在臺上才好——被我說中了吧？」

鄭母不語。望向遠處角落裡的駱以達。他也在看她。

「最後一次了，」入座後，鄭母對丈夫道，「——明天就去辦手續。」

「那他呢?」周父問。

「他要是坐牢,我每天探監便是。」她淡淡地道。

周父嘿的一聲,拿起酒杯,微笑著朝旁邊客人讓了讓,再轉過來,眼裡笑意全無。「——隨你。」

鄭苹是主持人,先說了段開場白,便請周父上臺致辭。周父說得很簡短:「我夫人名字裡有個『怡』字,所以我設立了這個『怡基金』,主要是想幫助那些無父無母的孤兒,讓他們能夠健康地成長,能夠上學。這件事具體實施起來會有難度,但我一定竭盡全力,持續地做下去。」

掌聲過後,臺上的LED螢幕便開始播放關於「怡基金」的宣傳片。PPT是鄭苹請專業人員做的,一共二十分鐘。鄭苹走下臺,坐到母親身邊。見她臉色兀自有些發白,神情倒是透著悅色。剛才那瞬,心都跳到嗓子眼了,也虧得駱以達反應快,否則後果真是不堪設想。鄭苹又想,在那麼多人面前那樣,這比蓋一百個章都管用,是板上釘釘的意思。酒會還沒開始呢,那邊倒已先揭了幕。——就不曉得接下去會怎樣。

忽的,螢幕上出現偌大的三個字:「偽君子!」

眾人一陣譁然。「偽君子」用了血紅的特大號字體，占了螢幕的大半，甚是醒目。緊接著，又是一句：「踩在屍體上發財的不良商人。」後面有文字說明，幾年前周父公司的一個樓盤在建築過程中，發生倒塌事故，造成十來名工人死亡，結果只是草草了結，無人追究。還配有照片，先是一張工地事故現場的，慘不忍睹，接下去連著幾張，是家屬哭天搶地在周父公司門口討要說法，被保安強行拉走。再接著，是已峻工的樓盤正面照，坐落在黃浦江畔，廣告語是「坐擁極致，享盡奢華」。與前面形成鮮明對比。最後一張照片，是該樓盤獲得年度滬上最佳樓盤的稱號，周父上臺領獎，意氣風發。

後臺放映人員兀自不知，前臺一干人也是呆了，忘了該如何應對。周遊衝到後臺，嚷著「你他媽給我停下來——」急急地按下「停止」鍵。放映員才知道闖禍了。這麼一來一回，也已是過了三、四分鐘了。

現場頓時鴉雀無聲，眾人面面相覷。饒是周父久經沙場，這會兒也是臉色鐵青。鄭苹匆匆拿出備用的U盤，交給放映員。音樂聲中，螢幕上出現一群孩子，舉起手，殷切地捧出一顆紅心，映襯著「怡基金」幾個大字，巍為壯觀。她再看換下的那個U盤，外觀與她原先的一模一樣，裡面的ＰＰＴ檔案名也是完全相同。很明顯是被人調了包。早上起來還在電腦上檢查過一遍，並無異樣。鄭芊不禁朝張一偉看去。他也在看她，目光在半空中相接，乾澀得像是深秋地上的落葉。——U盤自然是他換下的。日子也是他算好的，不早不遲，恰恰是酒會的前一晚。U盤就放在寫字臺上。趁她上廁所、洗漱，或是準備早餐的時候。機會多的是。她轉過頭，再不與他相對，心裡忽然羞愧得要命，滿腦子都是「自作多情」這個詞。他又怎會真喜歡上她？要說喜歡，八年前就喜歡了，哪會等到現在？——是她多心了。女追男隔層紗、日久生情、精誠所至金石為開……這些對他統統都不適用。他對她的心，與八年前退還紙鶴那刻絕無二致。

宣傳片結束後，大廳響起輕柔的華爾滋音樂。周父站起來，上身微躬，伸手向鄭母邀舞。鄭母遲疑了一下，還是與他相握。兩人到舞池中央，緩緩起舞。鄭母瞥過一旁的駱以達，見他臉上帶著微笑，便也報以微笑。此時此刻，兩人再無嫌隙，彼此心照。

「知道我第一次見到你是什麼時候嗎？」周父在她耳邊道。

鄭母不語。周父徑直說下去：

「我猜你肯定想是在人藝舞臺上。其實不是，比這個更早，是你大二那年，我剛好去上戲辦事，看你們在排練《雷雨》，那時你演的是四鳳。你一直以為我是看了你演的繁漪才喜歡上你的，我也從沒跟你說過，其實比起繁漪，我更喜歡你演的四鳳。男人嘛，說到底口味都差不多，周萍不也是喜歡四鳳？周沖就更別說了。繁漪那樣的脾性，放在舞臺上出彩，生活裡就有些過了。還是四鳳好，簡簡單單。」他說著又加上一句，「——女人還是簡單些好，自己舒服，別人也舒服。你說呢？」

鄭母依然是不說話。

「你再考慮一下，」周父勸她，「那麼多年都過來了，也不急於一時。」

「不用考慮。」鄭母回答。

周父朝她看了一會兒，歎了口氣，伸手在她肩上捋了捋，「你這人啊——」喉口一緊，後面的話居然沒跟上，像被什麼絆了一下。這對他來說已是絕無僅有的了。便是當年與第二任妻子談判，那女人幹部家庭出身，思路清楚，口才也好，擺出要讓他淨身出戶的架勢。他臉上是笑的，手條是硬的，到頭來也沒讓她沾著一丁點便宜。他心裡清楚，沒有那女人，他無論如何到不了今天的光景。那段婚姻在他眼裡只是場交易。所以他能硬起心腸。但此刻情形完全不同。他對她，別說手段，便是狠話，都扔不出一句。

「我，對你不好麼？」他想問她。瞥見她並不看他。——順著她目光劃去，那頭是駱以達。——心裡嘿的一聲，把那句話嚥了回去，臉上兀自笑容不變。他是主人家，開第一支舞。接著，賓客們也開始紛紛起舞。

張一偉來到鄭苹座位邊，伸出手：「跳支舞？」

鄭苹不動，「沒精神。」

「有話跟你說。」他道。

「說吧，我聽著。」她頭也不抬。

他停頓一下，在她身邊坐下來。「我不預備說對不起——」鄭苹哈的一聲，竟有些好笑了，心想這男人連道歉也懶得敷衍了。「沒關係，」她道，「說不說都一樣，反正我也不會接受。」又想自己這話仍然像是賭氣，該更無所謂些才對。索性不睬他，拿起香檳喝了一口，頭轉向另一邊。停了幾秒鐘，終究是忍不住，又別回來，對他道：

「你另找個位子坐吧。」

「我曉得，你現在很生氣，」他看著她，「不過我這麼做，你該明白的。」

「嗯，」她點頭，「——替天行道嘛。」

他不理會她的嘲諷，停了停，又道，「其實我今天想做兩件事，除了剛才那件，還有一件。」

鄭苹心念一動，瞥見他褲袋那裡凸起一塊，似是有什麼東西，「求婚啊，」她笑笑，「口袋裡裝的是戒指？嘖嘖，你張一偉梁山好漢似的人物，原來也會做這種事——拿出來我看看，當眾求婚，鑽石總不至於太小吧。不過也難講，你這人不能以常理論之，到時候掏顆玻璃球出來，也不是沒可能的。我要是不答應，你準會說，你憑什麼不答應，憑什麼這麼囂張？你有什麼了不起，你頭上長角麼？」她學著他之前的語氣，笑吟吟地一路說了下去。

他有些詫異地看她。認識她到現在，還是第一次見她這麼促狹。她霍的停下，朝他看：「你是不是覺得我特別好欺負？」他一怔，還不及回答，她又道：「嗯，不能叫『好欺負』，應該叫『自作自受』，或者是『傻到極點』才對。」她說到這裡，鼻子一酸，強抑著不讓眼淚流出來。嘴上卻是愈發凌厲起來：「你知道嗎——去年年底你跑來找周遊爸爸，那天我剛好也在，就在你們隔壁。」

他一凜，臉色頓時變了。

「其實我也不是存心偷聽你們說話，可你這個人呀，就算是問別人要錢，也是一副鬧革命的模樣，好像別人前世欠了你的，不給不行，」她嘲弄地迎住他的目光，「——我只是不明白，你不是恨他入骨嘛，道不同不相為謀，怎麼會跑來問他要錢？你的原則呢，你的錚錚傲骨呢？怎麼，那陣子沒喝牛奶，比較缺鈣，是不是？」

張一偉不說話。鄭苹瞥見他嘴唇咬得很緊，隱隱有牙齒摩擦的聲音。臉上一陣青一陣白。完全被刺痛的神情。她曉得這幾句話的殺傷力。她以為自己會藏著一輩子不說，女人對著心愛的男人，嘴巴原本就是去蕪存菁的。她甚至都快忘了這些了。如果不是此刻，他讓她難受得想死，她真的會憋一輩子的，睜隻眼閉隻眼，不去想個究竟。他是怎樣的人，對別人怎樣，於她又有什麼關係呢，她只要他對她的一顆心，就足夠了。可到底是落空了——她感到一陣報復的快感，卻又有什麼東西在胸口直沉下去。很爽，卻又很憋屈。是自暴自棄的心情。

「是因為我媽的病。否則我媽只有等死。不為別的。」他看著她，一字一句地迸出。

「他沒答應，所以你就更加恨他了，對嗎？」

「他答不答應，我都恨他。這是兩碼事。」他沉聲道。

鄭苹嘿的一聲，完全不給他臺階下：「也就是說，就算他把錢給你了，你也不會給他好臉色，照樣罵人家為富不仁壞事做絕。——你不覺得你很可笑嗎？我倒要問問你，你這麼做，是把自己放在什麼位置？你憑什麼這麼了不起，這麼囂張？你是上帝麼，你頭上長角麼？」

他被她問得有些呆住了。「所以呢，」他道，「我應該像你一樣，拿了人家的好處，就把自己原先姓什麼都忘了，——是嗎？」

「那也比你好，至少我不會說一套做一套，又當婊子又立牌坊。」這話出口，她自己都是一驚，有些惡毒了。

他沉默了一下，「既然如此，你幹嘛那麼恨你媽？——我猜你將來也是走你媽的老路，嫁個小開。周遊不錯啊，現在先吊足他胃口，弄得他服服貼貼。女人都喜歡玩欲擒故縱，你鄭小姐屬於玩得出神入化的那種。站在男人的角度，我勸你見好就收，差不多就行了，別把篷扯得太足，當心斷掉。不過也難講，你做事那麼有分寸，應該也沒問題。少了個老爸，現在又多了個老爸，還賺個未來的老公，蠻好。別看你面上稜角分明咋咋乎乎的，其實骨子裡很會為自己打算。我挺佩服你。」

「什麼意思？」鄭苹看他。

「沒什麼意思，」他聳聳肩，「誇你呀，——只要實惠，不要牌坊。多靈光。」

兩人對視一眼，便立刻把目光移開。其實是不敢與對方互望，你一言我一語的，每句話都是刀刃朝著外面，輕輕一擦便能看見血光。說的時候很暢快，像把前一陣肚子裡積的東西一股腦吐了出來，剝皮拆骨。及至吐出來，又覺得渾身空落落的，沒有一絲力氣。兩人都不曾料到會從對方嘴裡聽到這些。那些話，完全不由自主地，蹦一句出來，又迸一句出來。其實是把雙刃刀，這邊受傷，那邊也在流血。兩敗俱傷的架勢。

「我從沒說過自己有多麼高尚。」半晌，鄭苹說了句。

「我也沒有！」他忽的提高音量，倒把她嚇了一跳，抬頭看去，見他眼睛佈滿了血絲，竟紅得有些怖人，那一瞬，五官也與平時不同，聲音也因為繃得太緊而沙啞了，整個人似是陡的老了六、七歲。他下意識地抓著頭髮，「我也沒有、我也沒有——」他重複著這句話，像是喃喃自語，又像是辯解什麼。眼神定定的，眼珠動也不動。鄭苹被他這模樣驚得呆了，拿手去撫他肩膀。他一讓，她撲個空。停了停，又去撫，這次他不動，她觸到他微顫的肩頭，心裡難受得很。她原本是打算在他面前做一世乖女孩的。他與她，都是一樣的境遇。她看他，有時候其實像在照鏡子，又像左手跟右手下棋，再怎樣七拐八繞都是差不多的路數。這手棋還未落定，下一手已曉得會怎樣。這些年她想起他，腦子裡最先冒出的，便是「憐惜」二字。這二字通常是用在女人身上。可不知怎的，他那樣高大健碩的一個男人，竟會讓她有這樣的情感。此時此刻，更是如此。她不自禁地在他肩上拍了兩下。他霍的站起來，拿過服務生端來的一杯酒，頭一仰，一飲而盡。說聲「我去洗手間」，轉身便走。鄭苹在座位上呆了半晌，一抬頭，瞥見鄰座周遊似笑非笑的目光。猜他一直關注著這邊，忙把頭別開。周遊已走了過來。

「你是前世欠了他的，我是前世欠了你的。」他搖頭。

「刁瑞呢？」鄭苹岔開話題，「剛才看見你和她在跳舞。」

「給了她一張空白支票，讓她隨便填。」

「結果呢？」

「沒要，還給我了。說愛的是我這個人，不是錢。」

「那挺好。」

「這話要是真的，母豬都會上樹。」他嘿的一聲。

鄭苹也笑笑。「看來真的要喝你喜酒了。」

「還要談。我沒那麼容易妥協。」

「你爸怎麼說？」

「說了，這事讓我自己擺平。如果擺不平，就自己兜進。」

鄭苹知道這話不假。周父待她母女寬厚，對周遊卻向來嚴苛。膝下只他一個獨子，偌大的家業將來都要交給他，老派的想法，自是要多管教些。想著安慰他兩句，周遊已說了下去：「要是我真的進去了，老頭子發發功，也許只關個三、五年就出來，到時候我還不到三十，生意不管了，家產也去他媽的統統不要了，照舊畫我的畫——你願不願意等我？」

鄭苹怔了怔，見他一臉認真，話說得又是這般孩子氣，不禁心頭一酸，嘴上道：「到時候你小貂蟬都出來了，哪裡還有我的事？」

刁瑞走過來，朝鄭苹打招呼，「鄭姐。」鄭苹點點頭，識相地走開了。聽見周遊在身後道「尋個地方再聊聊」，刁瑞哈的一聲，不說好，也不說不好。心裡歎了口氣，想這世上真正稱心如意的人只怕也不多，在旁人眼裡，周遊算得是天之驕子了，卻只有她曉得，遺憾的事情不止一樁。又聽周遊隱約說了句「上天臺聊——」，心想眼看著就是一場雷陣雨，上天臺做什麼。

現場督導提示鄭苹上臺，——抽獎環節到了。

鄭苹走上臺，說了流程。每人的請柬後面有個號碼，已統統輸入電腦，依次抽獎。先是三等獎和二等獎，熱鬧了一番，最後大獎是一輛寶馬X6，由周父親自抽取。他上臺來，大螢幕滾動號碼，他按下滑鼠，又滾動了幾下，落定在一個號碼上。

「七十五號。」鄭苹道，「請這位幸運兒上臺來。」

臺下並無動靜。鄭苹又說了一遍，「請七十五號的先生或是女士到臺上來，恭喜您獲得了大獎。」依然是無人響應。眾人正納悶間，忽見一人站起來，緩緩地走上臺。——正是張一偉。

鄭苹不與他對視，退到一邊。周父親自為他送上車鑰匙與鮮花，握手那一瞬，靠近他，輕聲說了句「本來是X3，聽說你來，臨時改成X6了。」張一偉怔了怔，瞥見周父眼鏡後那道光閃得狡黠，停頓一下，「這算是賄賂嗎？」他問。

「你說是，那就算是吧。」周父微笑著，示意他面向臺下，接受眾人的鼓掌。鄭苹偷偷朝他看，見他低著頭，似在思忖。X6最低配也要百把來萬，周父這禮送得不小。不由得又有些擔心，怕這人現在鬧將開來，那便不好收拾。忙拿起話筒，「讓我們再次以熱烈的掌聲向這位先生表示祝賀。」目光依然是避開他，倒不是為了別的，而是怕他難堪，拿著那把特製的大鑰匙，在她面前下不來臺，別當眾做傻事才好。

張一偉到底還是拿過了她的話筒。對著臺下眾人：

「這輛車，明天我會開到二手市場賣掉。就當是周總托我轉交給那些家屬的賠償金。」

此言一出，臺下俱是譁然。與此同時，屋外傳來響亮的一記雷聲，使得廳裡幾乎一震。張一偉不再停留，徑直下了臺。鄭苹不自禁地朝周父望去。見他笑容不變，也走下臺來。鄭苹又朝四處張望，沒見到周遊和刁瑞。沒來由的有些擔心，想，不會真去天臺了吧。周遊再怎麼說說笑笑，那件事到底是有些驚心動魄的，況且又是夜裡，又是天臺，還下著雨，這氣氛竟有些森然了。

鄭苹給周遊打電話，那頭接起來，「什麼事？」鄭苹問他「在哪裡」。他回答，「動之以情曉之以理呢。」鄭苹關照「嚇唬嚇唬就行了，別太過分。」那邊扔下一句「我曉得」，掛了。

酒會結束，客人陸續離席。周父與鄭母站在大廳門口送客。張一偉獨自坐在角落裡，鄭苹遠遠望著他，並不上前。他應該也是感受到了她的目光，也不抬頭。兩人僵持了一會兒。張一偉站起來，四處張望，應該是找他母親。鄭苹緩緩走過去。

「伯母呢？」她找個由頭開口。

「大概去廁所了。」他看錶，「去了有一陣了。」

「我替你找找。」鄭苹說著，又朝他看一眼。他說聲「謝謝」。她道「不用」。——兩人客氣得過了頭。她去了附近的衛生間，並沒看見人。又見客人已走了六、七成，大廳門口也只剩下鄭母一人，上前問她「周伯伯呢」，鄭母回答：「張一偉媽媽找他有事，兩人走開了。」鄭苹便有些意外，想這兩人竟然也有話說。這時手機響了，接起來，是導演，說他一個包落在後臺上，讓她替他先收著，「下周我去話劇社拿。」鄭苹答應了，踱到後臺，一個人也沒有，拿了東西正要離開，忽聽見隔壁有人說話：

「你讓我放過他，不如先勸他放過我。」正是周父的聲音。

鄭苹愣了一下，悄悄走近，隔著一扇偏門，果然見到周父與張母站在裡頭。背著光，兩人的臉都浸在陰影裡，看不甚清。

「算我求求你，行不行？」張母懇求的口氣。

周父嘿的一聲，「你不用求我。反過來倒是我要求你，你兒子是要把我往絕路上趕啊。」

「我求求你，——我從來沒有求過你吧。當年你要和那女人結婚，我一句話不說，全由得你。八年前，你撞死我男人，我也沒有求你，沒要你一分錢——」

「我要給的，是你自己不要！」周父打斷她，沉聲道，「你一個女人帶個孩子，我曉得你艱難，房子給你，鈔票也給你。是你自己憋著一口氣，死活不要。我曉得你的心思，是存心不領我的情，把我變成個大惡人。既然如此，你生你的病，又何必讓你兒子來求我？」

「什麼？」張母驚訝道，「幾時的事情？」

周父咦的一聲，「原來你不曉得。——你兒子只當我不答應，嘿，他也不想想，單憑鄭苹那小丫頭，能請到那麼好的大夫治你的病？還有幾千塊錢一晚的ＶＩＰ病房，上海灘那麼多有錢人，多少人排著隊等，怎麼就單單輪到你？——我也算仁至義盡了。這些年睜隻眼閉隻眼，倒被人欺得得寸進尺。剛才的情形你也看見了，當著那麼多人的面——是他不仁在先，別怪我不義了。」

「他是小孩子，你別跟他計較。我求求你。」張母依然是懇求。

周父冷哼一聲，並不回答。

張母似是哽咽了一下。「是我不好，不該讓他知道我們之前的事情。這孩子脾氣強，想事情一條筋，心疼我這些年吃的苦。況且他同他爸爸關係又好——」

周父又是哼的一聲：「怎麼你沒說嗎？——我是陳世美沒錯，為了千金小姐拋棄糟糠妻，這些你告訴他也沒什麼。怎麼他爸爸的事你倒不說了？他是怎麼撞到我車子的，監控拍得清清楚楚，我是顧及你，才沒說的。現在你兒子反倒為這個恨得我咬牙切齒。」

「你讓我怎麼說？」張母哽咽道，「告訴他，他爸爸其實是碰瓷，存心訛人錢嗎？——你不曉得，他爸爸是多麼老實巴交的一個人，我們早上賣煎餅，少找別人一塊錢，他都要追上去還給人家。要不是實在過不下去，也不至於——」說到這裡，她已是泣不成聲。

「你不要同我說這個，」周父似是有些不耐煩，「現在我也被你兒子弄得快過不下去了——你哭哭啼啼算怎麼回事，你這個女人，你不要以為這樣，我就會心軟。你兒子現在就是我眼中釘肉中刺，非拔掉不可。機會我給過他很多次，是他自己不識趣。」

「你——」

「好歹夫妻一場，將來你養老送終，總包在我身上便是。」

屋外又是一記響雷。震得人耳膜發疼。

鄭苹怔在那裡。這一天裡發生的變故太多，腦筋都轉不過來了。她想起周遊說他父親以前在蘇北老家有個妻子，沒想到竟然是張母。一場車禍撞死兩個男人，剩下兩個女人，一個後來嫁給了他，一個竟是他前妻。都說戲臺上是無巧不成書，現實生活竟更是匪夷所思了。她還是第一次聽周父這麼陰惻惻地說話，背上不自禁地起了冷汗。

停了半晌。張母似是下了很大的決心，「你聽我說——其實，他是你的兒子。」

鄭苹聞言一驚。只得周父嘿的一聲，似是好笑：「你覺得我會相信嗎？」

「我不騙你。他是八七年六月生的，你自己算日子。你八六年九月最後一次回的老家，十一月就寫信來說要離婚。我恨你變心，就沒跟你說這事。本來想打掉的，醫生說我體弱，這胎打掉，弄不好以後就不能再生。——你再想想，這孩子的長相，是不是像極了你年輕時的模樣？」

周父不語，似是沉吟。

「你如果還是不信，就去驗ＤＮＡ，這總做不得假吧？」張母急得聲音都有些啞了，「——本來我想瞞你一輩子的，可今天再不說，我怕你害了自己親生兒子。」

周父蹙著眉，依然是不語。沉默了片刻，他緩緩地道：

「你去跟他說。」

張母答應了。他又叮囑道：

「還有他爸——你前面那個男人的事，也一併跟他講清楚。」

張母猶豫了一下，「這又何必？」

周父嘿的一聲。

「教他曉得這世界不是他想當然的模樣。人跟人的邊限，不是鉛筆描的那種，而是水彩顏料暈染出來的，涇渭哪有那麼分明。——要做我兒子，這層先要想明白。」

鄭苹匆匆離開了。回到宴會廳，見張一偉還坐在那裡。很快，張母走了過去，拉住兒子說話。沒說幾句，張一偉的臉色便變了，霍的站起來，說「不可能！」張母又拉他坐了下來。鄭苹冷眼旁觀，想，換作是她，這會兒肯定也接受不了。八年前跟著母親剛到周家那陣，她天天算著周父上班的時間才出房間，連跟他打照面都覺得尷尬。仇人一下子變成親近的人，那感覺真是要命的。更何況那個還是他的親生父親。鄭苹心裡歎了口氣，想，夠這人難受一陣了。朝四周打量，依然是沒見到周遊和刁瑞。

「我不信，你騙我！」張一偉忽然大叫一聲，起身朝外衝去。張母叫他名字，他只是不理，轉瞬便出了宴會廳。張母呆坐在當地，神情委頓。鄭苹停了停，上前，「伯母，沒事嗎？」

張母搖了搖頭。鄭苹給她拿了杯水。她接過，說聲「謝謝」。有氣無力地。鄭苹細看她，與母親差不多年紀，卻似大了七、八歲還不止。女人一辛苦，就顯得蒼老。張一偉說他母親性子倒比他父親更像個男人，裡外都靠她操持。鄭苹想也是如此。年紀輕輕便被丈夫拋棄，帶著兒子再嫁，箇中苦處自是難以言喻。偏偏第二任丈夫又是早逝。她一人把兒子拉扯大，便是境遇再糟，負心男人的錢，她也是絕計不收。硬氣如此。況且又得了絕症。鄭苹想到這裡，對眼前的老婦人更多了幾分敬重，「伯母你坐一會兒，我去給你們叫輛車。」

一道閃電從眼前劃過，即便是室內，也覺得刺眼，像一條金龍舞過。接著，「啪！」一個驚雷，在頭頂炸開。

與時同時，聽到一人驚呼：「有人被雷打中，從樓上摔下去了！」

宴會廳裡頓時亂作一團，都問「怎麼回事，是誰？」眾人七嘴八舌。很快，有人補充，「是兩個人，一男一女，從天臺摔下去了！」鄭苹一驚，立刻有種不祥的預感。果然一會兒，又有人衝進來，驚惶至極的神情：「是周總的兒子，被雷劈到，這麼高摔下去，人都摔脆了。還有個女的，演四鳳那個，都燒得不成——」這人話到一半便打住，看見周父站在一邊，頓時期期艾艾：「周總，這個，周總——」

周父臉色慘白，身體抖了兩抖，強自撐著。有人報了警。一會兒，他一個隨行匆匆進來，走到他邊上耳語了幾句。周父先是不動，嘴唇突然像抽風那樣抖動起來，想說話，卻又發不出聲。他立時便要衝出去，被人死死拉住。他掙扎了幾下，便不動了。就那樣定定地站著，眼睛成了兩個黑洞，完全沒有神氣，也不知看向哪裡。半晌，整個人劇烈地顫抖起來，嘶心裂肺地叫一聲：

「啊——」

正混亂之際，又有人叫：「那輛車，中獎的車，撞到電線杆上了！」

眾人又是一驚。還沒反應過來，張母已叫了出來：「一偉、一偉——」

「人怎麼樣？」又一人問。

「人都從車裡飛出來了。怕是不行了。」

又一道閃電劃過。「啪」！雷聲像是打在人的心上。把五臟六腑都要驚得蹦出來。那瞬，鄭苹腦子忽然一片空白，莫名的，手腳開始發麻。張母瘋也似的衝出大廳。周父終究還是撐不住了，整個人癱在地上。旁人七手八腳，抬手的抬手，抬腳的抬腳。鄭母的聲音：「掐人中——」鄭苹怔怔地站在那裡，傻了似的。忘了接下去應該幹什麼。眼前發花，只見到人在動，機械得像木偶似的。世界似是變成了黑白色，線條冷峻，簡約是簡約，看久了一顆心便空蕩蕩的。她記得有一次周遊教她畫素描，白布上放本書。她覺得顏色太單調，不好畫。他說素描最重要就是區別黑白灰的層次感。他說，不能只盯住一個地方，否則會失衡。從桌子到白布，到書，再到書的每一頁，都要連起來看，要對比著畫。她依然是不喜歡，說寧可學水彩畫，鮮豔些。他說，「把那些顏色都卸下來，才是這世界真正的樣子。你以為這世界是五顏六色的嗎？——你閉上眼睛，想一想，這世界是什麼顏色？」她竟真的閉上眼睛。卻被他趁機在臉頰上親了一口。他為她畫的肖像，她放在抽屜裡。隔了幾年，紙張有些發黃了，上面那個少女手托腮，臉朝這邊，眼睛卻瞧向另一邊。畫的右下角有一行小字：給親愛的蘋。那時她嫌這話肉麻，死活要擦掉。周遊把家裡所有的橡皮擦都藏起來。那天，兩人鬧得很歡。真像兩個孩子了。

警車和救護車很快到了。三具屍體被抬走。鄭苹站在一邊，沒撐傘，雨水順著額頭落到頸裡。雷聲與閃電不斷，天空像在放著巨大的鞭炮，還有煙花。鄭苹奇怪自己竟然一滴眼淚也沒有流。就像八年前，看到父親的屍身那刻，淚腺被堵住了似的，怎麼也哭不出來。那天，她想，索性就讓雷把我打死吧。又想，跟父親說的最後一句話是什麼呢，是那句「買好小籠快點回來」——從那以後，她再也沒有吃過小籠。

一個小盒子從張一偉的褲袋裡掉出來。鄭苹撿起，打開一看，是一隻金子打造的小仙鶴，大拇指那麼大小，十分精巧。——剛才她對他說「不會是戒指吧」，原來竟是這個。盒子裡還附了張紙條，是他的筆跡：「本來也想疊一罐紙鶴的，可我這人手笨，等做好恐怕頭髮都白了。別人都講心意是最珍貴的，金的銀的反而俗氣。我想，俗氣就俗氣吧，不喜歡也請你收下。等將來有機會，你教我疊紙鶴，我疊一屋子心意給你，好不好？」

鄭苹看著，怔怔的一動不動，似是癡了。漸漸的，有液體從臉上流下來，不知是雨水，還是別的什麼。一張紙隨風飄了過來，落在她腳下。正是《雷雨》的海報。那一眾人大大小小的臉，被雨水淋個透濕，又因是拋光的材質，五官都完全不像了。俱是望著天空，哭笑都看不甚清，臉浮凸起一片，朦朦朧朧的神情——看久了，竟覺得有些可笑了。

尾聲

周父與鄭母離婚後，找了個老和尚，不久便皈依了。他變得話很多。逢人便說「早曉得就讓他畫畫了，學什麼生意。是我害了他，該遭雷劈的是我——」初時人們還勸他幾句，見他說得多了，便也煩了，索性由他去。

員警看了那晚天臺的監控錄影，周遊和刁瑞先是說話，漸漸的，似是吵架了，周遊推了刁瑞一把，她沒站穩，便到了天臺邊上。兩人越吵越凶。忽然一個閃電，刁瑞被雷劈中，一個踉蹌，便朝樓下跌去。周遊上前拉她，結果兩人一起摔了下去。員警由此排除他殺，裁定這是一起意外。至於張一偉，法醫在他體內驗出酒精含量超標，屬於酒駕。

駱以達進了戒毒所。鄭母每周去看他一次。鄭苹問她，幾時辦證。她說倒不急了，這把年紀，領不領證，心意都在那兒。她也去看過周父。說他變了個人似的，生意也不做了，聽了師父的話，要洗清前世今生的孽，全副家當都投進「怡基金」。

「唉，」鄭母說起他便歎息，「白髮人送黑髮人。」

鄭苹心想，黑髮人其實是兩個。

《雷雨》下檔後，話劇社開始排《茶館》。老耿演黃胖子。一次午飯後，他來找鄭苹。

「我想演王掌櫃，您看行不行？」他開門見山。

鄭苹有些意外。「這個——都安排好了，不好意思啊耿叔。」

他摸了摸頭，「本來也沒什麼，演了那麼多年配角了，被人家叫千年老龍套，都習慣了，可人就是有這毛病，演了一回主角，嚐了甜頭，就覺得還是主角好啊，」他說著，看向鄭苹桌邊那部手機，「——手機修得還行吧？」

鄭苹一怔，「蠻好的。」

「裡面的照片啊視頻啊，還清楚吧？」老耿朝她看。

鄭苹又是一怔。

「您別誤會，我沒別的意思，」老耿道，「我是這麼想的，您當初讓我演周樸園，也是想圓您父親的一個夢，長相和主角配角沒多大關係，關鍵是演技，您是這個意思，對吧？黃胖子劉麻子我都演了八百多回了，為什麼？就因為我長得不正氣，換了別人會這麼想，可您不一樣啊，您能讓我演周樸園，就能讓我演王掌櫃。您就再給我一次機會。」

鄭苹不作聲。半晌，道：「我要是覺得不合適呢？」「那也沒法子，」老耿有意無意地又朝桌上的手機看去，「您是老闆，讓我演什麼，我就演什麼，這是做演員的規矩。我規矩了幾十年了，總不見得為這個就怎麼樣。免得將來人不在了，被人指著脊樑骨罵不仗義。人是走了，看不到也聽不見，可身後的名聲也要緊啊，我們中國人都看重這個。您說是不是？」

鄭苹嘿的一聲。

老耿繼續道：「您別笑話我。當初我還勸您呢，說開闢新路子也要有個度，什麼角色該什麼人演，都有一定路數。——講起來也難為情，都到這把歲數了，戲臺上過了半輩子，以為什麼都想開了，人生如朝露，富貴如浮雲，誰曉得臨老了，反倒是看不透了，托您的福演了回正角，竟把心思給演活了，勾出了癮。您說的有道理，誰說主角就該長成那樣、配角就該長成那樣呢？天底下的人，要是一眼就能分個好壞忠奸，那豈不是成了笑話？照我說，每個人其實都該是看不透的，看著這樣，其實那樣。演員要能把這層意思演出來，那就是了不起——」

鄭苹聽著，不覺有些走神。瞥見老耿的嘴巴不停地動，久了，就有些倦意。以至於他說什麼，反倒不甚在意了。窗臺上那盆蝴蝶蘭開得正嬌，粉紫的花瓣彷彿要振翅開去，姿勢擺得極好——終是個樣子罷了。盛夏的午後，容易犯睏。不自覺便打了個呵欠。老耿停在那裡，朝她看。最後那句是「您父親要是還在世，王掌櫃必然也想演的——」

鄭苹朝窗外看去，這角度正對著門口那塊招牌：鄭寅生話劇社。她依然是不語。餘光瞟見老耿依然等著，也不催促，恭恭敬敬地。——是魯貴候著周樸園時的模樣。忽然間，門開了，一人走了進來。近前一看，竟然是父親。——還是八年前的模樣。鄭苹頓時呆住了，一句話也說不出來。父親也不說話。父女倆就那樣互望著。一會兒，父親轉身出去。她急得去拉他衣角，「爸，別走——」父親朝她笑笑，說了聲「你好好的」，依然是走了出去。鄭苹想追出去，身體卻似不聽使喚，只是在原地。只得大叫：

「爸——」

整個人一震，雙足在地上一蹬，睜開眼睛，哪裡有半個人影？——原來是個夢。本想閉目養會兒神，誰知竟睡著了。鄭苹想著夢裡的情景，覺得臉頰涼涼的，一摸，竟全是淚水。

隔日便換了個新手機。排練時拿在手裡，老耿見了，笑說「早該換了」，又問「舊手機呢？」鄭苹說：「扔了」。話一出口，下意識地朝他看。

「新手機挺漂亮。年輕女孩子就該這樣，多好。」老耿說著，那邊導演叫「黃胖子」，他應了一聲，上場了。

鄭苹走到窗前。街邊的梧桐開花了，萼片狀的淺黃色花瓣微微捲曲著，從樓上往下看，彷彿鋪滿整條馬路。美得清雅，毫不張揚。為這乾巴巴的城市添了幾分趣致。讓人看了便覺得舒心。彷彿隨那尖尖的花瓣一起生長出來的，還有些別的什麼。

快樂王子

（一）

馬麗蓮走進包間時，裡面的人都已有些醉了。一個個歪歪咧咧的，形象很差。茶几上的食物散得到處都是，酒瓶七仰八倒，地上還有一灘嘔吐物。空氣中瀰漫著沖鼻的酒氣和一股難言的膩膩歪歪的味道。馬麗蓮是來救場的。趙老闆欽點的曉虹突發盲腸炎，送去醫院了。人走了，禮不能失，趙老闆談不上是會所的熟客，但好歹也是曉虹的恩客，時常光顧的。馬麗蓮與曉虹關係不錯，關鍵時候要派上用場，替姐妹把未夠的酒喝完，未盡的情誼敘完。那才是道理。

趙老闆趴手趴腳地癱在沙發上，問她：「你叫馬麗蓮，跟瑪麗蓮夢露是啥關係？」

「她是我姨婆，去世得早，三十六歲就沒了。」脆生生地回答。

趙老闆嘿嘿笑起來。「怪不得，我看你跟她有點像。不過她皮膚比你要白一點，頭髮比你黃一點，還有這裡，」他在自己身上比劃著，「——好像比你還要再大一點點。」

「你怎麼曉得，摸過？」馬麗蓮撇嘴。

「不用摸，我的眼睛是捲尺，刷的一下伸出去，一量，就曉得了。」趙老闆笑，「不過還是沒我的手準——我的手是測量儀，實驗室用的那種，精確的不得了——要不要試試？」

趙老闆和馬麗蓮轉移到包間的角落。那裡光線暗，是天然的防護罩。房裡都是自己人，志趣相同的，但畢竟不禮貌，公共場所嘛。趙老闆的手，伸到馬麗蓮衣服裡，前前後後左左右右，真像在測量了。趙老闆一興奮，就不停地喝酒，還抽菸。發瘋似的，同時叼上十根菸，嘴裡塞滿了，一吸，再一吐，煙霧嫋繞十分壯觀。馬麗蓮拿手機給他拍照，又餵他喝酒。嘴對嘴地。她喝一口，湊近了，餵進他嘴裡。兩人都笑。

她沒對準，一大口酒吐在他身上——剛剛好，是上衣口袋那裡。他脫掉襯衫，把皮夾拿出來，濕了。她道，我幫你擦乾。他道，不許動我皮夾子的主意。她嬌嗔，你數一數，裡面有幾張鈔票，要是少一張，就罰我十張。他呵呵笑道，不罰你錢——脫衣服。少一張，就脫一件。

馬麗蓮做事很仔細，除了表面一層，還把皮夾裡面的銀行卡拿出來，拿紙巾抹乾了。像撲克牌那樣一張張攤在桌上——正面朝上，「讓它們乘乘風涼。」她又往他嘴裡塞菸，點上火。拿手機拍照。她給他看她拍的照片——他赤膊著上身，嘴裡叼滿菸，煙霧把他整張臉都遮住了，像鬼怪片。他看了直笑，說手機像素太差，清晰度不夠。她說，你不懂，這是今年最新款。

埋單時，趙老闆給了馬麗蓮三百塊錢小費。馬麗蓮送他到門口。趙老闆說，我下次來還找你。馬麗蓮歎道，曉虹是我阿姐，帶我入行的，我不能挖她的牆腳。趙老闆說，我喜歡重情義的女人，下次小費加倍。她立刻笑成一朵花，道，那你下次一定要早點來。啊？

趙老闆的車消失在夜幕裡，馬麗蓮轉身走向旁邊一輛自行車——曹大年等在那裡許久了。馬麗蓮屁股一抬，上了書包架，說，開車。曹大年說，開啥車，你當是剛才那輛？人家吃汽油的，我們只好靠憨力氣。馬麗蓮在他頭上拍了一下，道，小氣鬼。

曹大年腳在地上一點，自行車往前竄出幾尺。「胖女人，重得要命。」他道。

兩人徑直到了嚴卉家。馬麗蓮把手機裡的照片拷進電腦。不是太清楚，但卡號勉強能看清。她指著其中一張告訴嚴卉，「就是這張，他埋單用的就是這張卡。」隨即報了密碼，「四五三二一六」。

「這男人腦子不好使，密碼輸了幾次才對。」馬麗蓮道，「我在旁邊看得眼都花了。」

嚴卉在電腦上敲擊了一陣。從抽屜裡翻出一堆空白的銀行卡。

幾周後的一個下雨天，曹大年穿著連帽的雨衣，來到楊浦區的一個ATM點。取錢時，他戴著墨鏡與口罩，低著頭，整個人不露一星半點。卡塞進去，輸了密碼。完全正確。一天最多拿兩萬，一次兩千。他分了十次才拿完。一大疊錢塞進包裡。「啪嗒！」扔了個杯墊在取款機上——杯墊上寫著：快樂王子」。他開門出去，雨下得正大。他吸了吸鼻子，罵聲「他奶奶的」。

他告訴嚴卉，這麼巧，ATM機裡剛好沒錢了，只拿了一萬八。嚴卉想也沒想，便說，好啊，那兩千塊錢算是借你的，不收利息，下個月還。曹大年暗罵一聲「他奶奶的」，乖乖把錢拿出來。嚴卉說，卡裡應該還有八萬多，不著急，看看風聲再說。

曹大年和馬麗蓮給趙瘸子他們送錢時，在路上商量著如何把錢藏些起來。「那小女人是人精，一分錢都瞞不過她。」曹大年恨恨地，揣著一大包鈔票，橡皮筋捆著，塞得胸口那裡鼓鼓囊囊的。馬麗蓮坐在自行車後座，雙手環著他的腰，把頭貼在他背上。他道，貼得那麼緊幹麼，我又不是闊老板，沒小費給你。她在他肚皮上狠狠抓了一把。他疼得叫起來。她道，看你還敢瞎說！

曹大年讓馬麗蓮站得遠遠的，自己戴上墨鏡和口罩，上樓去。擔風險的事，他不讓她幹。

錢拿信封包了，外面寫上「快樂王子」。從趙瘸子家的門縫下塞進去。馬麗蓮偷偷換了張五十塊的假鈔在裡面——是買早點時別人找給她的。趙瘸子照例是不開門，過了一會兒，塞張收據出來，上面寫明金額，還有趙瘸子的簽名。趙瘸子屬於比較老實的，肯簽名。像張阿婆、大明那幾個，就死也不肯簽，要麼就是拿左手簽，鬼畫符似的。嚴卉對此很不滿意。她覺得凡事都要按規矩來，不按規矩就容易出事。她開了口，說以後誰再不好好簽名，就拉倒——「拉倒」的意思很簡單，就是不給錢，拗斷。張阿婆是不能沒錢的，她兒子死得早，一個人把孫子拉扯大，孫子又有先天性心臟病。錢是用來救命的。大明也是。從安徽來上海打工，錢還沒賺著一分，就得了尿毒症。要是沒錢付醫藥費，分分鐘都要翹辮子的。嚴卉曉得他們是怕惹麻煩，可又要錢又不想惹麻煩，天底下沒這種道理。

曹大年送錢去王德發家時，動了點小腦筋。信封裡是一千七，可他讓王德發在收據上寫「兩千」。王德發四十多歲了，沒結婚，在社區門口擺個油墩子攤頭，一條手臂滿是被油燙出來的泡。整天傻呵呵的笑，只會說三個字「謝謝哦」。別人不給錢，拿了油墩子就跑，他也是「謝謝哦」。曹大年同他商量時，他想也不想便在收據上寫了「兩千」——「謝謝哦！」他傻笑。

曹大年用這三百塊錢給馬麗蓮買了條真絲圍巾。又關照她，去夜總會上班時不許戴，只有跟他在一起的時候才能戴。馬麗蓮說，我已經有好幾條圍巾了，倒是你，一條也沒有。他歎道，像我這種刀頭上舔血的，還戴什麼圍巾——曹大年講話總愛帶點悲壯的色彩，像古代的綠林好漢。起初嚴卉自稱「快樂王子」時，他很想不通，依他的意思，該叫「及時雨」、「呼保義」才是。有中國特色。嚴卉的抽屜裡放著一本外國童話集，書籤一年四季插在〈快樂王子〉那頁。嚴卉手拿童話集，模樣像是拿著聖經，頭頂泛著光環。她說她是快樂王子，曹大年和馬麗蓮就是書中那隻燕子，是她放出去做善事的。兩人都半懂不懂。馬麗蓮說，放燕子我不曉得，放白鴿倒是聽說過。

嚴卉七歲那年，爸爸溺水去世了。她是外婆帶大的。這些年來，她那改嫁到澳洲的媽媽回上海的次數，一隻手也數得過來。沒有父母的照顧，嚴卉倒不覺得有多難受。她不像別的孩子，喜歡膩著大人。她是很獨立的。讀大學時，外婆也去世了，留下她一個人。嚴卉長得不難看，相反的，還很清秀，天生的衣架子，打扮起來像模特兒。在學理工的女孩裡屬於很出類拔萃的了。追她的男生不在少數，她的回答始終只有一個字「不」。也很少出去玩，整天窩在房裡看書。她的枕邊，永遠只有一本童話集。

童話集是爸爸留給她的最後一件東西。爸爸每天都給她講故事。爸爸走的前一天，講的便是〈快樂王子〉。

「快樂王子的雕像高高地聳立在城市上空一根高大的石柱上面。他渾身上下鑲滿了薄薄的黃金葉片，明亮的藍寶石做成他的雙眼，劍柄上還嵌著一顆碩大的燦燦發光的紅色寶石……快樂王子把寶劍上的紅寶石，還有他的兩顆眼睛——兩顆藍寶石，托燕子送給了需要幫助的人。最後，他成了瞎子，而那隻燕子，因為來不及飛去南方，凍死在快樂王子的腳下……」

她看到爸爸眼裡閃動著淚光。第二天，爸爸便出事了。一個小女孩掉進公園的河裡，爸爸脫下大衣，一個飛身竄進河裡。小女孩得救了，他卻再也沒能上來。爸爸的水性很好，應該是天太冷腿抽筋的緣故。爸爸的大衣口袋裡，揣著剛買的一本童話集。裡面的故事，嚴卉大多聽過，但那時她還不怎麼識字，只會看圖。她翻到〈快樂王子〉那頁，快樂王子戴著頭冠，穿著華麗的宮服，袖管是寬寬的蝴蝶袖，腰間插著寶劍，英氣勃勃。他的身邊，低低飛著一隻燕子。嚴卉撫摸著書頁，一章一章的，就像撫摸著爸爸的臉。她的眼淚落下來，剛剛好，落在快樂王子的臉上，閃著光，有了立體感——快樂王子的眼睛會說話，似在傾訴著什麼，一句一句的。別人聽不見，只有嚴卉能聽見。像是加了密的無線電波，僅她這個頻段能接收。

大學畢業後，嚴卉分到一家出版社，負責雜誌電子版的技術支援。單位離家很近，旁邊就是曹大年工作的小飯館。曹大年燒得一手正宗的本幫菜——紅燒肉、油爆蝦、獅子頭，帶旺了那家小飯館的生意，方圓幾里都有些小名氣的。嚴卉不會做飯，隔三岔五便過去，找個靠窗的位置，點一道菜，一個湯，一碗飯。某天，她向老闆提出要見見廚師。曹大年疑疑惑惑地走出來，嚴卉很鄭重地跟他握手，說，你燒的菜味道真嗲。曹大年倒有些窘了，吃不準這小姑娘是啥路道。兩人便認識了。曹大年叫她

「小姑娘」，她叫他「爺叔」。其實他只大她個十來歲，主要是長相比較滄桑。兩人真正熟稔，是在去年。曹大年吸毒，毒癮很深，房子賣掉了，老婆也跟別人跑了，戒了七、八回都不行。最終還是嚴卉幫他戒了。她問他，你信任我嗎？他猶猶豫豫地點頭。她把他關在自家的小房間裡，拿繩子將手腳綁個嚴嚴實實，一天三餐送進去。夜晚，他吼叫的聲音聽得人心驚肉跳，野獸似的。最困難的那幾天，她在他嘴裡塞塊木板，外面再貼塊膠布——怕他咬舌頭。他動彈不得，死死瞪著她，眼圈佈滿怖人的血絲，兩隻眼珠凸出來，喉結上下滾動著。她說，只要過了這關，我浦東那套一室戶就送給你住。兩周後，曹大年戒毒成功。嚴卉把房子鑰匙送到他面前。他傻眼，都有些不敢相信了。曹大年覺得這小姑娘有些怪。他問她，你為什麼要幫我？她回答，不為什麼，我就是想幫你——幫人還需要理由嗎？

嚴卉給曹大年講〈快樂王子〉。她臉上閃耀著有些詭異的神聖的光芒。說她詭異，是因為曹大年不相信世上有人會不計回報地幫助別人。不可思議了。曹大年書讀得少，但也曉得為朋友兩肋插刀的道理。嚴卉稱得上是他的朋友。曹大年小時候也夢想要當俠客，當英雄，鋤強扶弱、替天行道。但隨著年歲增大，夢就醒了。夢又怎麼會變成真的呢？嚴卉就是有這本事。她的嘴，有著某種魔力，說出的話明明是夢，天方夜譚般，可偏偏就是千真萬確。她有著理工科學生的膽大心細，以及魔女般的神祕莫測。她聲音很低，每一句都似穿透了幾千幾萬年，帶著磁性。她把口罩、墨鏡、雨衣放在他面前。曹大年覺得自己被催眠了似的。全身熱血沸騰，竟似比她還激動。他什麼都聽她的，只是提出——是否可以把口罩、墨鏡換成像蒙面俠蘇洛那樣的面具，更酷更有威懾力。他說，穿雨衣戴口罩墨鏡，看著像變態殺手。嚴卉說，可以，只要你不怕坐牢，什麼都不穿都不戴也沒問題。曹大年聽到「坐牢」兩個字，血嗖的一下，變冷了。從夢想拉回現實。他有些抖豁了。嚴卉繼續給他講〈快樂王子〉。曹大年問，這麼做，我有什麼好處？嚴卉說，沒好處。他嘿的一聲，說，我吃飽了撐的？她道，會上天堂的。他道，上不上天堂我無所謂，我只要這輩子太太平平。她道，你太平得了嗎，沒有我，你毒癮分分鐘都會復發，沒有我，你只能過像狗一樣的日子。這話像威脅，又像詛咒。曹大年覺得這話沒道理，但不知怎的，背上起了一層雞皮疙瘩。嚴卉把玩著書籤，不看他，嘴裡道，做不做隨你。他怔了半晌，想走，腳竟像被釘著似的，動也不動。莫名其妙地答應了。「好！」——那一瞬，胸中有什麼東西湧起，豪情萬丈的，升到半空中，又是沒根沒底的。疑疑惑惑的。也不知是什麼感覺。他吸了吸鼻子，暗罵一聲「他奶奶的」。

嚴卉介紹馬麗蓮給他認識。馬麗蓮就是當年那個落水的女孩。嚴卉花了不少精力，在「黃玫瑰」夜總會隔壁的便利店找到她。當時她身穿粉紫色的透視襯衫，頭三粒紐扣都鬆著，手拿一盒避孕套，正在排隊付錢。還不時地朝門口車上的老男人媚笑。「你這副樣子，我爸爸在天上見了也要吐血。」嚴卉倒不是怪她，而是有些遺憾——世上少了個優秀的工程師，卻多了個妓女。嚴卉拿爸爸的照片給她看。她說，要不，我賠你個爸爸？我有大把乾爹。嚴卉說，我不要爸爸，我要你。馬麗蓮形容當時聽到這句話的感覺——「像光著身子站在臘月裡的街頭，渾身汗毛倒豎，頭皮一陣陣發麻，連呵出來的氣都成冰的了。這女人身上有妖氣。」馬麗蓮幾次問曹大年，「我是因為欠了她的，那你呢，又因為什麼？」曹大年恨恨地說：「因為腦子壞掉了——被槍打過了。」

趙老闆沒有食言，下次光顧時，果然給了馬麗蓮六百塊小費。他告訴馬麗蓮，他那張銀行卡不知怎的，莫名其妙被人提走幾萬塊，「員警說是偽造磁條資訊，是高科技犯罪——想不通，這張卡又沒離過皮夾子，嘿，真是碰著赤佬了！」馬麗蓮提醒他：「誰說沒離過皮夾——難道你埋單的時候不拿出來？現在世道亂得很，要當心。」

趙老闆說：「就是，防不勝防，都不敢出來玩了。」馬麗蓮把頭依偎在他懷裡，很貼心地說：「玩還是要玩的，就是少豁點浪頭，別動不動就給這麼多小費，點的酒不是軒尼詩就是馬爹利，錢是賺來的又不是偷來的——多少雙眼睛看著呢，誰不曉得你趙老闆是大戶——」馬麗蓮撥拉著他胸前幾根稀疏的毛，心砰砰的跳，想曹大年上周五剛剛去南滙提錢，這瘟生周一報的警，差一點點。

新聞裡公佈了犯罪嫌疑人的錄影，警方提醒市民，要妥善保護好銀行卡信息，不要被他人盜取。又指出，代號「快樂王子」的犯罪分子相當狡猾，每次都在不同的地點取錢，給破案造成一定難度。曹大年和馬麗蓮邊看電視邊吃瓜子，「呸呸呸」，吐得地上都是瓜子皮。嚴卉蹙著眉頭，說，曹大年你這個翹小拇指的毛病要改掉，否則早晚出事。曹大年一怔。嚴卉道，你炒菜時喜歡翹小拇指，連吃瓜子的時候也是這樣，錄影裡清清楚楚，從揿密碼到拿鈔票，小拇指翹得跟抽筋似的——你以為員警都是吃素的？曹大年哦了一聲。嚴卉又道，還有馬麗蓮，以後少跟那個趙老闆見面，言多必失，你又不是什麼精細的人——。馬麗蓮朝她看。嚴卉說下去，我曉得你是貪人家的小費，我跟你講，別因小失大。馬麗蓮沖她一句，沒小費，我吃西北風啊。嚴卉說，我又不是不給你工資。馬麗蓮嘿的一聲，道，上海規定最低工資都有一千多，你那點錢，頂多也就是個下崗補貼。嚴卉不說話，打開皮夾，扔了張卡出來。

「我的工資卡，密碼是我生日，你們拿去用。」

滿地都是瓜子皮，嚴卉叮囑他們掃乾淨再走。「馬麗蓮你好歹也是『黃玫瑰』的花魁，有點素質好吧？」曹大年嘴裡咕噥著「他奶奶的」，拿了把掃帚過來。嚴卉瞥見他翹起的小拇指，拿起電視機遙控器便扔了過去，「啪」的一聲。曹大年疼得大叫。馬麗蓮說，嚴卉你幹啥打我男人？嚴卉說，你男人自己尋死，打死活該。

趙瘸子下月娶媳婦，他向「快樂王子」申請，是否可以領取一筆結婚津貼──他把申請書與收據一併從門縫下塞了出來，還夾了三張百元大鈔。曹大年收好鈔票，把申請書拿去給嚴卉。嚴卉駁回申請──結婚不屬於生存需求，理由不充分。曹大年替趙瘸子說好話，說他快五十的人了，好不容易搭上個女人，女人想去海南島度蜜月，要是不成，婚事多半要泡湯。說不定到時趙瘸子一個想不開，就不想活了──這也是關乎生死的大事。嚴卉反問，結婚要給錢，那下次他老婆生小孩我給不給，他小孩滿月我給不給？與其那時候想不開，還不如現在早點走掉拉倒──不批准。曹大年吃癟，便攛掇馬麗蓮一起說。馬麗蓮沒接茬。嚴卉咳嗽一聲，說，還記不記得葛軍──曹大年曉得她是拿葛軍的事警告自己。葛軍是個半老頭兒，斷了條手臂，在雜誌社後面那條巷子裡撿破爛，身上永遠是件煤黑色的燈芯絨外套，一隻手伸出來，從手心到手背，到手指，再到指甲，統統是黑的。野人似的。嚴卉第一次把五百塊錢交到他手裡，鈔票白晃晃的，都有些刺眼了。也是這傢伙膽大敢搏，拿著「快樂王子」的錢去炒股，居然給他賺了個滿堂紅。曹大年收了好處，替他瞞著掖著，最後還是被嚴卉察覺了，除了他的名。曹大年為這事沒少挨罵。嚴卉也便是從這件事起，不叫他「爺叔」，而直呼其名的──「曹大年你自己說，你有沒有做爺叔的樣子，啊？」

嚴卉的宗旨是──「快樂王子」是雪中送炭，不是錦上添花。錢是救命錢。靠它救命的人太多了，要花在刀口上。曹大年有時氣不順，會沖她一句，你真以為你是救世主啊，能救得了幾個？嚴卉說，救得一個是一個。曹大年便嗤的一聲，說，你是天使，天上下來的，背上插了兩根翅膀，我們不好跟你比。他恨恨地，問馬麗蓮拿了嚴卉的工資卡，刷卡買了兩條中華、一條LEE牛仔褲。「她說讓我們隨便用，不用白不用。」馬麗蓮又把卡要回來，還給嚴卉。「天使也要吃飯。」她嘲兮兮地說。

憑心而論，嚴卉覺得這兩人也不易了。抽屜裡有大疊的鈔票，真要橫起來，拿榔頭把鎖砸個稀爛，也不是什麼難事。曹大年那傢伙，當初癮上來的時候，也不是沒幹過鋌而走險的事──現在這樣，已經很給面子了，真是一門心思要上天堂了。嚴卉不是不靈光的人。她媽媽上周從澳洲回上海，帶她逛恒隆廣場，說喜歡什麼東西隨便買。這女人的繼任丈夫是大律師，很有錢。嚴卉沒跟她客氣，挑了一個愛馬仕的皮包，九萬多。女人怔了怔。她記得三年前回來那次，嚴卉只是在運動城買了雙耐吉鞋。檔次陡然上去不少。幾天後，嚴卉便以六萬塊的價格，把皮包轉手賣掉。給曹大年和馬麗蓮每人發了三萬塊獎金。放在信封裡，外面寫著「給我最最親愛的燕子。快樂王子。」

葛軍炒股後，便不在後巷出現了。嚴卉估計，股票最好的那陣，他至少翻了四五倍。受他影響，嚴卉也想過把「快樂王子」基金拿去炒股，結果沒等拿定主意，股市便崩盤了。葛軍又乖乖回來撿破爛了。他那件煤黑色的燈芯絨外套依然沒換，只是手乾淨了許多。摸過鈔票，再來摸垃圾，心活了又死，肯定不甘。嚴卉注意到他的眼睛，骨碌碌的轉，不安分的很。一條手臂孤零零地垂著，身體向一側傾斜。他必定盼著有人再幫他一次。嚴卉才不會給他機會——快樂王子是城市的最高點，能看見這座城市的每個角落，那些處於困境之中的人們，正等待著他——嚴卉看見公園門口那個行乞的瞎眼女人，三十幾歲，頭頂斑禿了一大塊。起初有人懷疑她的眼睛是假瞎，就像許多以乞討為生的人一樣，是噱頭。那些人把痰吐進礦泉水瓶裡給她，說請她喝水。她拿過來便喝，還說「謝謝」。她不白討錢。她是浙江人，會唱紹興戲。嗓子沙沙的，最適合唱尹派。嚴卉站在一邊，聽她完整地唱完一段〈桑園訪妻〉，把一張十元錢放進她面前的鐵盒裡。

瞎女人住在普陀區一處違章建築內，十平方不到的小屋，床邊一個矮馬桶，牆上滿是青灰色的黴點。曹大年把一個信封交到她手上。瞎女人抖抖的，一張張地數。一、二、三……一共是二十張。「謝謝——」瞎女人眼睛剎時有了光采，瞳孔都見到人影了。曹大年卡著喉嚨，用假嗓說：「我是快樂王子。快樂王子曉得吧？」瞎女人激動地說：「曉得曉得——快樂王子是好人。」

曹大年出事那天，天氣格外的晴朗。他先是同馬麗蓮去逛了一圈家樂福，買了些生活用品。他原先住的房子下月租約到期，索性便不續了，預備搬進浦東那套一室戶。「又不是沒房子，幹嘛還在外面租？」他說這話時，眼睛瞟著嚴卉——是怕她反悔。嚴卉不吭聲。他又道，鑰匙在我手裡，就是我的房子。嚴卉嘿的一聲，說，你不想住，還給我也可以。曹大年買來油漆，把房間重新粉刷了一遍。他的意思是，等油漆味散了，就和馬麗蓮一起搬進去。馬麗蓮沒說好，也沒說不好。曹大年瞥見她的神情，心裡便有了七八成底。也不說話，光是拉著她的手。兩人窸窸窣窣地，商量了一番佈置新家的事。

晚上十一點多，曹大年懷著對未來的美好憧憬，揣著嚴卉剛製成的一張卡，來到莘莊的某個二十四小時自助銀行。ATM機的螢幕上呈現出他戴墨鏡口罩的模樣，怪物似的。他不自禁地笑了笑，暗罵一聲「他奶奶的」。卡塞進去，他輸了密碼——小拇指翹著。機器裡響起一陣隆隆的點鈔聲。他吹了記口哨，對著螢幕整理了一下頭髮。出鈔口彈出一疊鈔票。他伸手去拿——「哐噹」一聲，一副手銬套進他的手腕，冰冷冰冷。他一怔，還不及反應，另一隻手臂被重重地扭到背後。他疼得大叫。

「啊——」

寫有「快樂王子」的杯墊從他懷裡掉出來。龍飛鳳舞的字跡，是嚴卉的傑作。連每次用的筆都不一樣，有粗有細，五顏六色的。曹大年被押上門口一輛警車。警笛不停地響。他腦子裡空白一片，暈暈的，做夢似的。曹大年兩眼無神地朝天上看，竟見到樹枝上停著一隻燕子，一動不動，泛著凜凜的銀光，像是水晶製成的——這個季節居然還有燕子，也不曉得是不是幻覺。

（二）

嚴卉走進網吧，找個靠角落的位置坐下。她戴上手套，進入網址www.happy-prince.com，螢幕上出現一幅彩圖——快樂王子站在石柱上，手執火炬。正中是一行小字——「照亮每顆受關愛的心」。進入主頁，點擊率已上升到六位數，比昨天多了兩倍。右下角的民意調查中，支持占了六成，三成人說「無所謂」，還有一成人說「反對」。遊客留言足有幾十頁。嚴卉匆匆瀏覽了一遍。有人把自己的地址留下，說日子過不下去了，急求快樂王子的幫助。有人很囂張地寫下銀行帳號，「小樣，來呀，來拿老子的錢啊。」還有人很直接，說「快樂王子我頂你，你是我的偶像」、「快樂王子你很帶種，我愛死你了，你一定要長命百歲，吃好睡好。」有一條挺搞笑，「快樂王子你好，我知道你現在情況不妙，要是想跑路，可以致電××××××，護照機票酒店一條龍服務，保證安全順利。」嚴卉咬著指甲，笑笑。她在版主留言板上寫道：「謝謝大家關心，快樂王子一切都好。希望大家繼續支持。」

她把帳目表輸入電腦。兩年來，每一筆進帳，每一筆出帳，她都詳細記錄。受益人的簽名收據，她一張張掃描進去。最後，在主頁打上「快樂王子歡迎大家查帳」。

嚴卉看錶，從進門到現在，剛好過了一刻鐘。她下了線，快步走出去。還沒等過馬路，便聽到「嗚嗚」的警笛聲，幾輛警車呼嘯著疾馳而來。嚴卉不慌不忙，招了輛出租，坐進去。車子緩緩啟動，透過車窗，見十來個員警飛也似地衝進網吧，如臨大敵般。司機嘿的一聲，說，肯定是捉快樂王子，昨天我也碰到一回，是在華師大那邊。嚴卉說，不是已經捉到了嘛。司機說，那個是同夥，快樂王子不止一個人。嚴卉笑笑，道，這些人膽大啊，不想活了。

接著，她先後來到趙癟子、張阿婆、大明、王德發的家，給他們送信——呼籲他們出來替曹大年求情。這個星期天在延中綠地，希望他們到場聲援，告訴所有人——快樂王子那樣做，不是為了自己，是為了幫助別人。瞎女人看不見，嚴卉只好敲她的門，把這番話親自對她說。瞎女人使勁點頭，說「快樂王子是好人」，應該幫。嚴卉到張阿婆家樓下時，張阿婆的孫子剛好從外面回來，那封信差點就要塞進信箱了，又縮回來。小男孩警惕性很高，狐疑地看了她半天，還問，你找誰？嚴卉問他，這裡是不是三〇〇弄九號？小男孩說，你搞錯了，這裡是十九號。嚴卉哦了一聲，走開了。轉了個圈再回來。趙癟子跟老婆度蜜月去了，海南島去不成，去了崇明島。嚴卉估計這周日他應該能趕回來。大明最近病情有所好轉，跟個老鄉做起了裝潢生意。按規定，他是不該再接受「快樂王子」的幫助了。但眼下情況特殊，嚴卉先把這層擱置不提，將錢和信一起塞進信箱。王德發那封信，怕他看不懂，嚴卉寫得非常直白——「快樂王子一直幫助你，現在，輪到你幫助快樂王子了。」又擔心他把信給別人看，在末尾寫上「這封信只能你一個人看，看完就燒掉，千萬別忘了。」

馬麗蓮覺得，嚴卉這麼做只是白費力氣，毫無意義。「我本來以為你挺聰明，原來傻成這樣。」曹大年出事後，她幾次被員警叫去問話。員警指她和曹大年來往密切，「你們倆是什麼關係？」馬麗蓮反問：「我在夜總會做小姐，你說我們倆啥關係？總不見得我是他媽咯？」員警說：「曹大年不過是個小廚師，又沒錢，你怎麼會看上他？」馬麗蓮誇張地做著手勢，說：「這就是愛情呀——愛情你們懂嗎，愛情是沒有道理可講的。」那個做筆錄的女員警嗤的一聲，咕噥一句「妓女也來講愛情」。

嚴卉讓馬麗蓮乖乖待在家裡，把凡是與曹大年有關係的東西，統統扔掉，一件也不許留。好在三人之前每次聯繫用的都是公用電話，見面也是在晚上。警方暫時查不出什麼。嚴卉千叮嚀萬交待，這段時間一定要夾緊尾巴。偏偏馬麗蓮膽子大，托了個公安局的熟人，去看守所探望曹大年。回來被嚴卉臭罵了一通。「我看你是不想好好活了！」馬麗蓮不甘示弱，說，我老早不想活了，從遇到你那天起，就不準備好好活了！嚴卉無言以對，過了片刻，又問，他怎麼樣？馬麗蓮沉著聲說，我曉得你想問什麼——你放心好了，他要是把你供出來，你還能好端端地站在這裡？嚴卉也有氣了，道，馬麗蓮你會不會說人話啊？馬麗蓮朝她看了一會兒，冷笑一聲，出去了。

上網時，嚴卉看到大明給「快樂王子」的留言。夾在一大堆留言中，不細看差點就錯過了——「給我五萬塊就去。大明。」嚴卉一動不動地盯著螢幕，面無表情。半晌，「啪」的把電腦關了。她點上一根菸，走到陽臺上。大學畢業後，她便很少抽菸了。外婆曉得她抽菸，說過她幾次，說女孩子抽菸容易老，還會影響生育。她沒什麼癮，不抽也就不抽了。只是在心情不好的時候才抽上一兩支。

夜深了。近處幾幢樓房的燈光漸漸暗下去，一盞接著一盞，像得了訊號似的。她倚著欄杆，夜風一陣陣襲來，彷彿被雙微涼的手輕輕拂過。剛下過雨，空氣裡瀰漫著一股泥土的腥味，夾雜著淡淡的花草香氣。嚴卉對著天空吐了個煙圈，青灰色的煙圈一點點漾開，又漸漸隱去。

嚴卉問馬麗蓮借錢。「我積蓄全加上了，還差一點。」

馬麗蓮說，抽屜裡不都是錢？嚴卉道，那錢不能動，是公款。馬麗蓮嘿的一聲，道，公款就是讓人挪用的——你放心，快樂王子在天之靈不會怪你的。嚴卉朝她看，道，我給你寫借條。馬麗蓮道，借條有個屁用，你要是賴帳，我總不見得去法院告你？嚴卉不說話了，停了停，拿鑰匙打開抽屜，數了兩萬塊錢出來，寫了張借條——「茲向快樂王子借取兩萬元整，三個月內歸還。十二月八日。嚴卉。」隨即疊好放進抽屜。鎖上。馬麗蓮在一旁嗤笑：「嚴卉啊嚴卉，你好像不是吃五穀雜糧長大的——你大腦結構跟一般人不一樣——」

嚴卉把五萬塊錢塞進大明家的信箱。大明家住二樓，燈亮著。她撿了塊小石頭朝上扔去——窗戶開著，不偏不倚扔了進去，「砰」的一聲，不曉得砸到了什麼。嚴卉忙往樹下一躲。見大明探出頭來，嘴裡罵罵咧咧的。過了一會兒，他走下樓，打開信箱，神情頓時變了，朝四周張望了一下，有些慌亂地把錢往口袋裡裝。趁火打劫的東西，嚴卉心裡罵。

她又來到張阿婆的家。拿出準備好的兩千塊錢，要塞進信箱，卻怎麼也塞不進去，一看，信箱竟從裡面拿牛皮紙封住了。封得嚴嚴實實。她只好上樓，預備從門縫底下塞進去——竟也被封實了。嚴卉心裡歎了口氣。趙瘸子度蜜月還沒回來。崇明又不是馬爾地夫，虧他玩了這麼久。王德發的那兩千塊錢，嚴卉原本想省下的——說是好處費兼辛苦費，王德發只怕也理解不了。又覺得不能欺負老實人，人人都有份，不能少了他的。瞎女人那份，嚴卉直接放在她要錢的鐵盒內。「算我求求你，星期天一定要去。」嚴卉卡著喉嚨，因為太用力，喉嚨都卡得疼了，連眼圈也跟著紅了。

回去的路上，嚴卉進了一家網吧。老闆是個女人，懷裡抱著個剛出生不久的嬰兒。嬰兒在母親懷裡睡得很香，嘟著小嘴，頭頂幾綹疏軟的胎毛。嚴卉已坐下了，又起身走了出去。她想又何必吵醒孩子，夜這麼深了，警笛聲又那麼嚇人。她來到另一家網吧。坐下來，登錄輸了密碼，進入「快樂王子線上答疑」。不一會兒，便有人提問，「快樂王子，你是男是女？」嚴卉回答：「性別不重要。你曉得觀音菩薩是男是女？」又有人問：「你應該撈了不少吧，我不信你會把錢都給別人。」嚴卉回答：「信不信隨你。快樂王子做事不是為了讓別人信服，只求對得起良心。」那人道：「這年頭，光會耍嘴皮子的人多了，老子也窮得叮鐺響，怎麼不見你來幫我？」嚴卉道：「行啊，你留個地址，我來找你。」還有人胡鬧，「請問你怎麼看待最近朝鮮半島的緊張形勢？你對肆虐的豬流感有何看法？」嚴卉坐了片刻，正準備離開，忽見螢幕上跳出一句話：

「什麼叫聲援？」

嚴卉一凜，想起信上的內容。「你是誰？」

「你說，什麼叫聲援？」

嚴卉遲疑了一下，在鍵盤上打道：「就是支持，盡自己的力量，去支持你認為對的事情。」

「我看過〈快樂王子〉。王爾德寫的。」

「喜歡嗎？」

「還可以。」

嚴卉正要再聊，忽聽見遠處傳來警笛聲。急忙下了線，匆匆走了出去。到門口，警車已近在咫尺，她不及考慮，索性又退了回去。換了個位置坐下，上了個遊戲網。幾名員警衝進來。她作出驚慌失措的模樣，張大了嘴。一個員警走近了，讓她把身分證拿出來。她說，師傅，我不是快樂王子。員警倒被她逗笑了，說，你也曉得快樂王子？她道，網上看的。員警說，別瞎看，好的可以看，壞的不許看。嚴卉連聲說是，似是嚇得手也抖了，一不小心，滑鼠掉到地上。

回到家，已是凌晨三點多。她索性不睡了。坐在沙發上抽菸。煙灰掉下來，把沙發燙了個小洞。她有些懊惱——這是外婆生前最喜歡的布藝沙發。外婆還曾笑說將來把這沙發留給她做嫁妝。外婆是那種標準的江南女子，人生得很小樣，講話也軟軟糯糯的。她媽媽像外婆，都是小巧玲瓏的模樣。她更像爸爸，身段高大，輪廓要硬朗一些。爸爸的嗓門很大，洪鐘似的，遠遠地叫一聲「寶貝」——整幢樓都要驚動的。嚴卉想到爸爸，便不自禁地去拿那本童話集。她輕輕撫著，表面那層厚實的書皮，軟軟的，有些溫潤的感覺。

爸爸。她心裡叫了聲。

星期天下了很大的雨。從早上到下午，一直沒停過。有了雨水的澆灌，延中綠地更顯得鬱鬱蔥蔥，泛著清透的光，像畫出來似的。約好是下午三點。嚴卉早到了半小時。下雨天的緣故，綠地上人不多。不遠處，一對新人在拍照，伴娘小心翼翼地托著新娘的裙子，撐著傘，辛苦之極。可惜雨太大了，新娘裙子上還是沾到了泥，臉上的粉也被雨水沖得花了。

嚴卉先看到了王德發，撐著傘，搖搖晃晃地走來。他在長凳坐下。朝四周看，有些無所適從。接著，瞎女人也來了，拄著盲杖，一步步地走得很慢。前面有積水，眼看她就要踩上去，嚴卉伸手扶住她，帶她繞過積水。瞎女人問，這裡是延中綠地嗎？嚴卉嗯了一聲。瞎女人便心定了。嚴卉扶她到長凳坐下。她說聲「謝謝」，嚴卉沒吭聲，走開了。

大明來了。穿著雨衣，戴一副寬大的口罩，把大半張臉都遮住了。好在最近鬧流感，也不覺得多麼突兀。猶猶豫豫地走來，東張西望，做賊似的。

三點到了。其他人沒來。

王德發第一個行動。他看了看錶，霍的站起來，按照信上的約定，大叫：「支持快樂王子！天使無罪！」——路過的人都被他嚇了一跳，紛紛朝他看。王德發扯著喉嚨，沒命地喊：「支持快樂王子！天使無罪！」瞎女人也跟著叫：「支持快樂王子！天使無罪！」大明漲紅了臉，嘴巴動了動，見周圍人漸漸多了，不自禁地低下頭，朝旁邊退去。

嚴卉穿一套深藍色的助動車雨衣，戴著墨鏡和口罩，拿帽子把頭髮遮嚴了，走出來向行人發傳單。大家瞥見她的模樣，都不敢接——有幾個膽大的伸手接了，見上面寫著「城市需要快樂王子……快樂王子不該待在監獄裡……」燙手山芋似的，忙不迭地扔了。也有人遠遠地看見了，出於好奇過來熱鬧，嘴裡嚷著「啥事體啦，拍電影啊」，興致勃勃地。嚴卉拿出一個小錄音機，按下「播放」鍵——「支持快樂王子！天使無罪！」聲音經過處理，聽著有些滑稽。那些人笑，「設備倒蠻齊全，挺有意思。」嚴卉沒提防，帽子不知被誰掀掉了，露出一頭濃密的長髮。

「咦，原來是個女的！」有人驚奇地叫起來。

沒多久，一輛警車疾馳而來。嚴卉瞥見王德發和瞎女人還站在那裡，朝他們做手勢，示意他們快走。王德發揮舞著雙手，興奮得滿面紅光，哪裡肯停。瞎女人看不見，也不動。嚴卉只得把手裡的傳單向天空一灑，飛快地朝反方向跑。員警從車裡出來，朝她嚷道：「站住，不許跑！」嚴卉腳下不停，很快便拐進了一條小巷。一邊跑，一邊把雨衣脫掉放進包裡，又摘掉墨鏡和口罩。包裡還有一疊傳單，她拿出來扔進旁邊的垃圾桶。接著，從小巷的另一頭出來——這是她預先看好的逃跑路線，試了幾次，很隱蔽。

她走到車站，上了一輛公車。車上人很多，她擠到一個靠窗的位置站著。車子經過綠地時，見那裡有許多人圍觀。王德發和瞎女人被帶上了警車。王德發扭動著身體，一臉委屈。瞎女人腳步有些跟不上，踉踉蹌蹌的。員警一邊疏散著人群，一邊撿地上的傳單。傳單被雨水淋濕了，黏在地上很難撿。一塊塊斑斑駁駁，像人身上的狗皮膏藥。嚴卉這時才覺得有些累了，背上黏黏的全是汗。

馬麗蓮在家裡等她。電視裡在放本市新聞，講下午延中綠地發生的騷亂。很簡短，十秒鐘不到，便跳過了。嚴卉不吭聲，脫去外套，一屁股坐在沙發上。馬麗蓮雙手抱胸，似笑非笑地。

「一個傻子，一個瞎子，莫名其妙就被關進去了——你滿意了？」

嚴卉不看她，拿遙控器換了臺。馬麗蓮問她：「你搞這些名堂，想沒想過後果？」嚴卉說：「我很累，少來煩我。」馬麗蓮朝她看，忽的，笑了笑。

「你啊，看多了童話書，把腦袋都看壞了。你是不是還以為自己挺聰明——也是，瘋子都覺得自己最聰明。」

嚴卉把遙控器一扔，站起來要走。馬麗蓮伸手攔住她。

「別急著走，讓我把話說完——今天我去看過曹大年了。你不要朝我瞪眼，就算被抓進去我也無所謂。我不像你，你的心是鉛做的——快樂王子的心本來就是鉛做的，對吧？你肯定還覺得自己特別偉大是吧？嘿，嚴卉我告訴你，其實你不是什麼好人，你自私得要命！」

嚴卉啪的打掉她的手，要走。馬麗蓮不依不饒，一把抓住她的衣角。

「我問你——當初為什麼要找上我和曹大年？」

嚴卉不吭聲，索性坐了下來。馬麗蓮嘿的一聲，道：

「你不說？那好，我來說——你就是要找一男一女，乾柴烈火，一點就著。像我這樣的女人是最好不過了，夠風騷，能勾住男人。時間一長，兩個人感情就出來了。萬一有個閃失，我就是你的人質，你一點兒也不擔心他把你供出來，安全的很——」

嚴卉朝她看。她笑了笑。

「是不是說中了你的心思？其實也沒啥，人不為己天誅地滅嘛，天使腦子裡偶爾也會有齷齪的想法，可以理解。只不過你愛耍小聰明，也別把別人都當傻瓜——」

嚴卉聞到她嘴裡的酒氣。「你喝酒了？」

馬麗蓮搖頭，做著手勢，「就喝了一點點，這麼一點點——不好意思哦，我這人就喜歡拆皮拆骨地說話，就是喜歡給那些天生愛做夢的人潑潑冷水，讓他們別自我感覺太好，其實說穿了就那麼回事，大家都在過日子，有人老老實實腳踏實地，有人就愛做夢——光自己做夢也就算了，偏偏還要拖別人下水！害了一個又一個！王德發那種人，傻里巴嘰的連話也說不清楚，你讓他去人民廣場幫你吆喝？還有那個瞎子，嘖嘖，也真虧你想得出來——你到底想幹什麼？想上頭版新聞是吧，想祖墳上冒青煙，讓全世界都曉得上海有你這麼一個瘋子，啊？」

她有些惡狠狠地說出這番話。

嚴卉一動不動地坐著。從口袋裡摸出一根菸叼上。馬麗蓮啪的一下，把她的菸打落在地上。兩人都怔了怔。

「不許抽菸，」半晌，馬麗蓮緩緩地道，「對胎兒不好。」

嚴卉聞言，霍的朝她看去。

馬麗蓮先是不動，隨即歎了口氣，在她旁邊坐下來。顯得有些疲倦。剛才那股氣一下子洩盡了。挨著她，煨灶貓似的。

「我懷孕了。六周。」

嚴卉去理髮店剪頭髮。髮型師問她怎麼剪。她說，無所謂，短一點薄一點，清爽些。髮型師便推薦她染髮，「短髮染一下最好，現在流行那種酒紅色，要不要試試？」她說可以。

有人把那天延中綠地的情形拍下來，做成視頻放到網上。嚴卉帽子被摘掉的那段，像古裝片裡常有的——某某女扮男裝，本來好好的，結果一個不小心，長髮就露出來了。露餡了。

上班時，同事都說她這個髮型換的好，更精神了。她笑笑。

晚上焦點新聞，王德發赫然出現在螢幕上，兩手放在膝蓋上，顯得有些緊張。背後一道淡黃色的牆，旁邊一株仙人掌。「……從去年開始的，給過幾次……加起來六、七千……信上說快樂王子一直幫助我，現在輪到我幫助快樂王子了……」鏡頭隨之切換到旁邊的一疊鈔票上，「放在我信箱裡的，我也不曉得……」記者問：「給你錢，目的是讓你去延中綠地，是不是？」王德發皺著眉頭想了一會兒，說：「嗯。」接著，鏡頭轉到一所校園，記者採訪一位大學教授。教授五十來歲，圓圓的臉，戴副金絲邊眼鏡，講話慢條斯理，「往好處講，中國從古代起，就有這種劫富濟貧的傳統，因為貧富差距一直存在，任何一個社會都有弱勢群體，他們確實需要幫助。但毫無疑問的是——『快樂王子』這種做法不利於社會的安定團結，甚至可以說是嚴重違反法律的。我國有一套相對健全的對弱勢群體的扶助體系，也許在現階段它還存在著一定疏漏，但我們完全有理由相信它會日趨完善，滿足越來越多的人民的需求。另外，我們也要警惕某些不法分子打著『劫富濟貧』的旗幟，實則做出一些危害社會、破壞社會和平的行為——」

螢幕上出現趙瘸子時，嚴卉還當自己眼花，看錯了——她記得那天他沒去。趙瘸子在鏡頭上顯得有些胖，大概是光線的問題，臉倒是白了許多。「說是要寫收據，可拿了收據又不給錢，要麼就是寫一千給兩百——有時候我也想算了，又何必拿這個錢，擔驚受怕的——可沒辦法啊，瘸了條腿，工作也找不到，颳風下雨天就疼得厲害，鑽心的疼，實在是沒辦法——」趙瘸子眼裡都有淚光了。主持人介紹道，趙瘸子所在居委瞭解情況後，已第一時間落實解決了趙瘸子的工作。「還是政府好，真心真意地為我們老百姓著想，我相信政府——」趙瘸子哽咽著道。

嚴卉不曉得原來趙瘸子這麼會說話，上電視都不怯場，聲情並茂的。倒小看了他。

嚴卉買了補品去看馬麗蓮。馬麗蓮不在家。嚴卉把東西托給鄰居轉交。走出去，在社區門口遇見她——口紅塗得像血一樣豔，大冷的天還穿超短裙，高跟皮鞋足有兩寸高。嚴卉沒說什麼，只叮囑了句「自己保重」。馬麗蓮沒聽見似的，徑直往前走，腳步有些不穩，應該是喝了不少酒。嚴卉在原地看了她一會兒，忽的，大聲道：「別這個樣子——我心裡也不好受。」馬麗蓮腳下不停，轉彎了。嚴卉站著不動，心裡酸酸的，委屈得都想哭了，眼淚在眶裡打轉，一圈又一圈。旁邊人經過，都朝她看，想這女孩怎麼傻了似的。她有些倔強地扭過頭，生生地，把眼淚縮回去。不讓它掉下來。

半夜的街道很靜。倒不是那種完全無聲的靜，而是屏息凝神般，隱隱透著呼吸聲，很有節奏，彷彿在積聚著力量，只為了等待暴發的那一剎。這樣的靜，有些可怕，靜得能聽見自己的心跳聲。嚴卉低頭走著，很慢，像在計算自己的步伐。夜風吹在身上，冷得透心。月光也是冷的，柔柔地，像給大地灑上一層薄薄的冰霜。精緻是精緻，只是太過蕭瑟了。

嚴卉在自家的信箱裡拿出一堆廣告紙——只要兩天不開信箱，這種亂七八糟的廣告紙便會鋪天蓋地。她回到家，打開電腦上網，看到留言裡有這麼一條：「快樂王子，我孫子病情嚴重，要換心臟，求你幫幫我。張阿婆。」嚴卉起身倒了杯水，又點了支菸，有些定神地看著電腦螢幕。煙灰掉下來，落到桌子上。她都全然不覺。

次日晚上，嚴卉來到張阿婆家樓下。原先拿牛皮紙封著的信箱已打開了。她朝左右看，沒有人。她飛快地從包裡拿出一個信封，塞進去——忽的，一副手銬套在她的手腕裡。她怔了怔，本能地往回一縮，手銬箍得她手腕生疼，她轉身想逃，後面有人重重按住了她的雙肩，動彈不得。與此同時，七八個員警變戲法似的出現了。其中一個拿槍指著她，「老實點！」一個女員警上前，把她手裡的信封拿走，並在她身上搜了一遍。

一大堆花花綠綠的廣告紙從嚴卉身上掉下來。

女員警一怔，朝另外幾個員警望去。一個上了年紀的員警，大概是帶隊的，表情嚴肅地打開那個信封——裡面也是廣告紙，房產仲介的。嚴卉嚇得臉也白了，說：「阿SIR，我也是賺點外快，我、我下次不敢了。」那員警沒好氣地說：「人民警察，什麼阿SIR！」嚴卉忙道：「是是是，員警叔叔。」

他們把嚴卉的包也翻了一遍。除了一包紙巾，一管口紅，一張公交卡，什麼也沒有。有些洩氣了。「白相人啊！」其中一個憤憤地道。那個老員警看了嚴卉的身份證，問道，幹什麼的？嚴卉回答，雜誌社裡做的。老員警又道，這麼晚了還發廣告紙，單位效益很差啊？嚴卉道，差倒也不算很差，但總歸多賺一點是一點。

嚴卉在公安局待了一夜。第二天，她與另外幾個差不多年紀的女人被帶進一間小房間，肩並肩地站好。面前一塊大玻璃，鏡子似的。嚴卉心開始跳起來，她曉得玻璃那邊，必定有一個人在認人。她拚命地回想，到底有誰見過她的臉。手心裡汗都出來了，強自鎮定著。過了一會兒，員警打開門，示意她們出來。嚴卉見到了張阿婆的孫子——那個小男孩。一瞬間，心提到嗓子眼，像站在懸崖邊的感覺，頭也暈了，眼前都發黑了。聽見一個員警問他：「小朋友，你真的認清楚了？」男孩指著嚴卉旁邊那個女人，稚聲稚氣地道：「就是她，那天在我家樓下鬼鬼祟祟的——臉胖胖的，頭髮捲捲的，不會錯。」那女人是公安局其它科室過來幫忙的，聽了便笑：「真是天曉得了——」

嚴卉走出公安局，心兀自還是提著的，腦子也有些迷糊，出門時差點在臺階上絆一跤。張阿婆領著孫子，也走了出來。小男孩並不看嚴卉，一老一少徑直走了過去。嚴卉緩緩地跟在後面。很快到了車站。三個人都等車。張阿婆朝她看，往旁邊挪了挪。嚴卉乾咳一聲，也把頭別向另一邊。

很快的，車來了。三人先後上了車。有人給張阿婆讓座。張阿婆要抱孫子一起坐，男孩拒絕了，堅持站著。嚴卉站在他旁邊。到了下站，空出一個座位，嚴卉朝男孩撇嘴，示意他去坐。男孩搖頭。嚴卉便自己坐下。男孩拉著她座位後的扶手，緊貼著她，身體隨著車身前後晃動。嚴卉幾次想跟他說話，都忍住了。

忽的，車子一個急剎車，大家站立不穩，齊刷刷朝前倒去。男孩小小的身體，差點撞上前面的扶手。嚴卉扶住他。男孩飛快地說了句「那天我本來想去的」。

嚴卉一怔，朝他看去。見他眼睛朝著窗外。剛才是有人橫穿馬路，司機才猛踩剎車。車上的人都紛紛指責那個行人。車廂裡亂哄哄的。嚴卉愣了半晌，還當自己聽錯了。男孩看著窗外，又道，是奶奶不讓我去。嚴卉又是一怔，才知道他真是對自己說。

她朝男孩看——男孩睫毛長長的，眉毛淡淡的，皮膚又白，像女孩。是個很秀氣的孩子呢。她不是容易慌亂的人，但這個孩子面前，倒有些侷促了，不曉得說什麼好。過了一會兒，又聽那男孩輕聲地說了句：

「你說的——聲援就是盡自己的力量，去支持我認為對的東西。」

嚴卉陡的想起網上那段留言，原來是這孩子——心口像被什麼撞了一下，先是驚訝無比，不可思議了，漸漸的，有什麼東西從胸口緩緩升起，暖暖的，連帶著整個人都暖了。男孩小鹿般的眼睛，清澈無比，能在他瞳孔裡看到自己的影子，閃著光。這番話從一個孩子口中說出，脆生生的，有些好笑。她忍不住想笑，卻又想哭。鼻子都酸了。也不知是什麼滋味。

回到家，在「快樂王子」網上看到一個視頻，不知是誰貼上去的。打開來，竟是王德發坐著，兩手放在膝蓋上，身後是淡黃色的牆，旁邊一株仙人掌——儼然便是那天焦點新聞裡的場景。

「……從去年開始的，給過幾次，差不多每三個月一次，加起來六、七千……好像還不止，應該有一萬多，因為中秋節和春節還有過節費，端午節也有，天熱還有高溫費，像單位裡一樣，嘻嘻……信上說快樂王子一直幫助我，現在輪到我幫助快樂王子了……」記者的聲音：「給你錢，目的是讓你去延中綠地，是不是？」王德發說：「嗯——那可不一定，以前沒讓我去延中綠地，也給我錢的……快樂王子是好人，大好人——」話沒說完，便被打斷：「好了，可以了。」

顯然，那天播放的焦點新聞，經過了一些刪減與加工。——現在這個才是原版。視頻上傳者署名「一義士」。嚴卉看著，不知不覺，眼睛便濕潤了。她把視頻倒回去——王德發漲紅了臉，很激動地說「快樂王子是好人，大好人——」，他臉上的麻點，在鏡頭上畢露無疑，鼻孔有些朝天，講話有些大舌頭。態度卻是無比堅定的。

「快樂王子是好人，大好人——」

嚴卉再也忍不住，大顆大顆的眼淚奪眶而出。哭出聲來。

（三）

嚴卉的媽媽又回上海了。同行的還有她的現任丈夫詹姆斯——一個六十來歲的男人，身材高大，臉色像綻放的桃花瓣那樣粉紅。嚴卉與他們一起吃了頓飯，在外灘威斯汀酒店的舞臺餐廳。詹姆斯是個很有趣的老頭，健談、隨和。初次見面，他很熱情地擁抱了嚴卉，並稱她為「可愛的中國娃娃」。嚴卉則直呼他名字。詹姆斯這次來中國的目的，是為了領養四川的孤兒。他看中一對五歲的雙胞胎女孩，手續已辦得差不多了。他告訴嚴卉，他有兩個兒子，都已成家立業，所以格外喜歡女孩。嚴卉媽媽在一旁不大吭聲，相比詹姆斯，她與親生女兒的話反而少得可憐。結束後，詹姆斯說要去南京路逛一圈，問嚴卉有沒有興趣。嚴卉朝母親看，見她懶懶的不搭腔，曉得她未必喜歡，便婉拒了。臨別時詹姆斯給了嚴卉一張名片，說有事可以直接找他，「認識你很高興，親愛的。」他在嚴卉的臉頰上吻了一下。嚴卉聞到一股清新的鬍後水味道，微笑地和他說「拜拜」。

從酒店出來，嚴卉坐地鐵去了同學家。她高中同學的父親是外語學院教授，手頭有許多翻譯的活兒，時間來不及，請她幫忙。千字五十。這個同學跟嚴卉關係不錯，才介紹她做，外面不曉得有多少人打破頭呢。嚴卉守時守信，從不拖延，翻譯的品質也不差。教授對她很滿意。同學有些想不通，說嚴卉你幹嘛這麼拚命呢，你又不缺錢。嚴卉便笑笑，說，怎麼不缺錢，我的嫁妝還不曉得在哪兒呢。

嚴卉回到家，洗個澡，便開始翻譯。電腦旁邊放一本字典，一杯濃茶，通常是幹到凌晨兩點左右。她動作很快，可儘管如此，一個晚上最多也就翻譯六、七千字。她試過熬通宵，可第二天效率極差，反而沒意思。嚴卉算過一筆帳，勤快點的話，每月賺個七、八千不成問題，再加上工資獎金，一萬綽綽有餘了——夠養活五、六口人了。

她向王德發他們打過招呼，現在是非常時期，資金困難，大家克服克服——王德發自然是沒話說的。張阿婆也不好意思，她家的信箱，拿牛皮紙封了又拆，拆了又封，來來回回好幾次，嚴卉曉得她是怕。上次的事，嚴卉不跟她計較，六十多歲的老太婆了，也難怪。至於大明和趙瘸子，嚴卉是不再管了。趙瘸子在社區門口賣大餅油條，是街道特殊照顧的。趙瘸子和他新婚的女人——女人是江西農村人，年紀倒還輕，三十來歲，紮個大馬尾，臉上密密麻麻的雀斑。嚴卉嚐過他家的油條，味道還行。趙瘸子瞇著眼，見到誰都點頭哈腰，顯得個子愈發矮了——賣大餅的趙瘸子，倒像賣炊餅的武大郎了。大明的生意不知做得如何，倒是租了個門面，寫著『某某裝潢公司』。嚴卉有幾次經過，見裡面冷冷清清的，少有人光顧。現在這樣的經濟形勢，想來生意也好不到哪裡去。瞎女人搬了住所，只是討飯的地方依然沒變。面前還是那個鐵盒，紹興戲也照舊是那段〈桑園訪妻〉。

馬麗蓮有一陣子沒睬嚴卉了。嚴卉幾次去找她，她都藉故不見。嚴卉曉得她是生自己的氣。曹大年的事還吊著，不判刑也不公開。到這個地步，馬麗蓮的公安局朋友也幫不上忙了。見不著面，馬麗蓮心裡慌得要命，是那種有些絕望的慌。她把嚴卉送來的補品統統扔出去。有一次嚴卉去她家，明明見到房裡燈亮著，她一按門鈴，燈就關了。嚴卉不敢太張揚，怕驚動了左右鄰居，惹事端。房裡靜得可怕，一點聲音也沒有。嚴卉在門口待了一會兒，心裡挺難受，又有些憋悶，想這算什麼名堂——她又沒做錯什麼。嚴卉想到曹大年，又覺得自己終究是做錯了，對不起這兩個人。書裡那隻燕子，心甘情願跟著快樂王子，寒冷的冬天，一次一次地飛去那些窮人的家裡。童話畢竟是童話，現實中不會有。快樂王子註定是孤獨的。嚴卉下了樓，抬頭看，青灰色的夜空，幾片浮雲點綴著，看不甚清，像山水畫中幾筆隨意的潑墨。

嚴卉給馬麗蓮發短信：「孩子怎麼樣？」一會兒，她回過來——「打掉了。」嚴卉怔了怔，猜她應該不會真的這麼做，只是氣氣她罷了。馬麗蓮就是這樣的人。

張阿婆的孫子情況很不好。醫生說這種先天性疾病很難治，除非換個心臟，可男孩年紀太輕，怕有排斥反應，再說一時也找不到合適的心臟。只能靠藥物維持。張阿婆是有些悔了，悔那天騙「快樂王子」，說孫子要換心臟——現在竟成真的了。上了年紀的人都迷信，覺得恩將仇報，遭報應了。張阿婆其實也冤枉，倒不是她自己報的警，怪只怪居委會幹部太精明，說你一個孤老太婆，又要吃喝開銷又要給孫子看病，倒也過得下去——三下兩下就逼她說了出來。給「快樂王子」留言也是他們的主意。張阿婆再向「快樂王子」要錢時，心裡難為情的要命，也虧得不是面對面，否則真是說不出口。她把情況一五一十地寫在收據上，從門縫下遞出來。聽見外面下樓的腳步聲。想開門看，忍住了——別給人家惹麻煩才是。

嚴卉打開抽屜，把裡面的錢數了兩遍。眉頭不知不覺便蹙了起來。她想，要真是快樂王子就好了，眼睛是藍寶石，寶劍上鑲紅寶石，渾身上下都是金片——不是人人都能當快樂王子的，快樂王子也要有本錢的。否則就是乞丐王子，是發癡。嚴卉這麼想著，又覺得好笑。也難怪馬麗蓮說她是做夢——還真是做夢。嚴卉告訴馬麗蓮，這陣子別打那些老闆的主意了——其實就算她不說，馬麗蓮應該也不會了。嚴卉有些倔強地想，不靠別人。靠自己的力量，也能撐起來。外婆說過，以前一個拉黃包車的，老老少少十來口人，也養得活。嚴卉有信心。

家裡三室兩廳的房子，只她一個人住。嚴卉覺得有些浪費。她在網上貼了招租啟事。很快有了回應。是個二十多歲的男人。嚴卉還沒開放到這種地步，回絕了。不想過後就再沒人問津了。拖了兩個禮拜，嚴卉憋不住了，又去找那個男人。男人也姓嚴，叫嚴偉，上海郊區人，自由職業者。「我們兩個人的名字用上海話讀起來，一模一樣哎，蠻有緣份的——」男人一口本地話，在手機裡大驚小怪。嚴卉不跟他廢話。每月一千二房租，只許用客廳的衛生間，主臥和書房非請勿入，水電煤一人一半。男人討價還價，說，我只占三分之一的房間，水電煤付一半不公平。嚴卉說，我白天上班，只是晚上回來睡個覺，沒讓你付三分之二已經算客氣了。男人叫起來，「你啥意思啦啥意思啦，嘲笑我沒工作是吧，看不起人是吧，我跟你講——」嚴卉不願和這種十三點多囉嗦，丟下一句「你不租拉倒」，掛了。第二天，男人乖乖搬進來了。一個大旅行包，倒垃圾似的，沒頭沒腦地往櫥裡一倒。便算完了。嚴卉問他要身分證，複印了一份放好，「這是程序，大家放心。」男人參觀了一遍房子，說面積這麼大，又是這種地段，少說也要一、兩百萬吧。嚴卉沒理他，把主臥和書房鎖好，走了。上班時，居然收到嚴偉的短信——「我做好飯了，回家吃哦」。嚴卉嘿的一聲。回到家，桌上是三菜一湯，還開了瓶啤酒。嚴偉說這是歡迎晚宴。嚴卉心想就算是歡迎晚宴，也該由自己準備才是，他倒成主人了——拿起筷子便吃。雖然是家常菜，味道還不錯。嚴卉不禁朝這男人看了一眼，說聲「謝謝」。嚴偉嘻嘻笑著，說，謝啥，反正都是冰箱裡的材料，現成的油鹽醬醋，我一分錢不花。嚴卉故意道，誰說一分錢不花？煤氣費有一半是你的。男人便有些沮喪，說，是哦，早曉得就涼拌了。嚴卉心裡罵了聲「小男人」。

小男人歸小男人，竟也有些居家過日子的味道。他不用上班，可早上起得比嚴卉還早，熱牛奶煎蛋，煮麥片粥，再切兩個柳丁放在盤子裡。嚴卉平常都是叼個麵包心急慌忙出門的，現在居然可以坐下來慢慢吃。營養也均衡。雖說原料都是她買的，他半個子兒不出，但不用自己動手，畢竟是件令人欣喜的事。兩人一個出錢，一個出力，倒也相處得不錯。這男人著實死相，白天時不時地打電話問嚴卉——工作忙不忙，晚上幾時回來，想吃些什麼。嚴卉心情好的時候，也會一一回答。同事聽了，都說嚴卉你家是不是請保姆了。嚴卉嘴上稱是，心裡也覺得滑稽。

她問他，你整天不上班，哪來的錢交房租？他回答，SOHO一族曉得吧，我就是。她又問，具體從事哪一行？他道，自由撰稿人。他說著，打開筆記型電腦，拿剛完成的幾篇文章給她看。「你幫我指導指導，看能不能投到你們雜誌？」嚴卉草草看了幾篇，想問他「憑這種水準也能SOHO」，終是忍住了。男人挑出兩篇，竟求她幫忙投稿，「你們一個雜誌社的，自己人，總歸方便點，是吧？」嚴卉瞥見他討好的神情，想到這幾日的殷勤原來是有目的的，不由得心裡哼了一聲。

大明被砍傷那天，嚴卉剛好下班路過。救護車停在門口，好多人擠在那裡圍觀。大明渾身是血被人從店裡抬了出來。一會兒，員警也來了，在店門口拉了一道黃色警戒線。「少說也砍了六、七刀——」嚴卉聽旁邊人小聲嘀咕，好像是店裡生意不好，大明把價錢壓得很低，結果旁邊幾家裝潢店不滿意了，說他搶了他們的生意。對方有黑社會背景，一言不合就拔刀子的那種。嚴卉看到地上滴滴嗒嗒的血，觸目驚心。隨即快步走了。

大明在醫院住了一個星期，回到家，店面被砸個稀爛，老鄉怕事，捲了剩下的錢跑了。大明剛出院沒兩天又進去了——尿毒症又犯了。沒錢用藥，基本上是等死。嚴卉為他墊付了醫藥費。錢是匿名給的。她猜他應該曉得是誰——他在這座城市無親無故，除了快樂王子，沒人會理他。嚴卉本不想管他的，由得他自生自滅，可到底是不忍心。嚴卉都有些怨自己了，很沒有原則了。鈔票又不是老母雞，會孵小雞。鈔票用完就沒了，要算計著用。給誰不給誰，要好好想一想。嚴卉覺得自己像個大家庭的家長，操不完的心，填不完的窟窿——頭上都冒煙了。

她求馬麗蓮帶她去夜總會打工。「你看我這樣子——還行吧？」馬麗蓮是真的有些吃驚了。半晌，笑笑，「行不行，我說了不算。」她為嚴卉引見夜總會的媽媽桑——馮姐。馮姐對嚴卉還算滿意，「就是瘦了點，不夠豐滿，要加點料。」又問她，怎麼想到來這裡打工？嚴卉說，缺錢。馮姐笑起來，說，那來這裡就算來對了。

馬麗蓮說，現在我們成同行了。嚴卉說，就是。馬麗蓮說，不過我不能和你比，你是憂國憂民捨己為人的那種，放在古代就是梁紅玉小鳳仙，能上歷史書的。嚴卉嘿的一聲，說，你還曉得梁紅玉小鳳仙？知識老淵博的。兩人互相刺了幾句。一會兒沉默下來，嚴卉朝她看，道，總算見到你面了，不容易啊。馬麗蓮撇嘴道，我又不是國家總理，見不見面有啥要緊？嚴卉瞥見她微隆的肚子，心裡鬆了口氣。

嚴卉晚上在夜總會打工，把翻譯的工作放到白天，上班時領導不大過來，鑽個空子不難。同事間也懶得管閒事，上網玩遊戲的、炒股的、看片子的，大有人在，誰都是睜隻眼閉隻眼。她每天下了班，先回家換衣服，再去夜總會。上廁所時，她往胸罩裡墊了兩塊海綿。一會兒出來，嚴偉看了她半天，問，是去跳舞嗎？她隨口道，是啊，你怎麼曉得。他說，你看上去像《情深深雨濛濛》裡的白玫瑰。她一邊化妝，一邊問他，好不好看？他回答，還可以——就是嘴巴紅得像要吃人似的，有些嚇人。嚴卉笑笑。他又問，剛下班又去跳舞，你不累嗎？嚴卉道，怎麼不累，我又不是神仙。說著，拿了瓶白蘭氏雞精一飲而盡。嚴偉想不通，問她，賺錢有癮是吧？你工資那麼高，還拼著老命賺外快？嚴卉懶得跟他廢話，扔下一句「我是財迷」，出門了。

嚴卉幾次在夜總會遇到熟人，虧得臉上妝化得濃，泥塑菩薩似的。有幾個平時看著挺老實的，話也不多，想不到摟著小姐喝酒會是那個樣子，恨不得身上有三頭六臂才好。很意外了。嚴卉只陪客人喝酒，碰到有人毛手毛腳，她就板著面孔站起來。馮姐讓馬麗蓮跟她說。馬麗蓮道，人家是大學生，書香門第，身家清白。馮姐便嘿的一聲，說，大學生頭上就長角了？我這裡大學生也多的是，都是缺錢了才來的，鈔票面前人人平等——你讓她拎拎清。馬麗蓮把這番話學給嚴卉聽。嚴卉蹙起眉頭，沉默了半天。馬麗蓮朝她看，說，算了吧，你還沒到這境界，當心你老爸在天上看了吐血——這話是當初嚴卉說她的，現在原封不動地還給她。嚴卉聽了笑笑，說，我爸爸心裡清楚著呢，他才不會吐血，只會覺得驕傲——說到這裡，覺得心裡潮潮的，有些難受。又笑笑，低下頭去。馬麗蓮朝她看了一會兒，忽道，要不，還是用老辦法算了，也快。嚴卉堅決地搖了搖頭。

「你要是再出事，那我真的要吐血了。」

一次，竟有人提出要帶嚴卉出臺。「你有地方嗎，要麼去我哪裡也可以。」嚴卉差點把鈔票往他臉上扔去，好不容易忍住了。臉色像刷了層漿糊。虧得馬麗蓮出來打圓場，才把客人打發了。馬麗蓮對嚴卉說，你現在曉得了吧，這就是社會。社會底層的人就是這麼被人欺負的——其實也談不上欺負，要吃飯就得這樣。全中國有十幾億人呢，活得不如意的多得是，你想幫人，能幫得了幾個？嚴卉停了停，道，我還是那句話——幫得幾個是幾個。馬麗蓮朝她看了一會兒，歎了口氣，道，所以說啊，你是天使，我們不好跟你比的。——這話她說過許多次，都是譏諷的語氣。唯獨這次，竟似帶著些許憐惜。

嚴卉勸馬麗蓮別在夜總會做了。「又要喝酒又要熬夜，肚子裡的寶寶怎麼吃得消？」

「不做，你養我？」

「我才不養——讓曹大年養你。」

馬麗蓮霍的抬頭，朝她看。有些驚詫地。嚴卉伸手捋了捋前額的瀏海，假睫毛有一小簇粘在眼瞼上了，她把它撥下來。眼周也暈上色了，黑乎乎的一圈。她拿紙巾擦拭。「像熊貓了——」

馬麗蓮兀自盯著她看。

嚴卉也朝她看，柔聲道：「你放心，我不會讓你的孩子見不到爸爸。」

她說完，在馬麗蓮肚子上輕輕撫了一下。

嚴偉的文章在雜誌上登出來了。他請嚴卉在附近的「永和大王」吃了一頓。兩碗麵條，兩杯豆漿。四十塊不到。這月的水電煤帳單來了，擺在鞋櫃上。他裝作沒看見。嚴卉拿去付了，並對他說，這一年的水電煤都由她付，不用他操心——不過要他幫個忙。

她拿出一件雨衣、一副墨鏡、一副口罩。「穿上。」她道。

嚴偉愣了好一會兒。「墨鏡和口罩不能叫『穿上』，要說『戴上』。」

他穿上雨衣，戴上墨鏡和口罩。「要拍電影嗎，」他在鏡子前照了半天，「還是你們雜誌社要找型男模特？」

嚴卉讓他坐在椅子上。「你先坐著，神情自然一點，然後我給你一杯水，你喝下去，過一兩分鐘，就做出神志不清的樣子——」

「神志不清？怎麼神志不清？」他奇道。

「隨便你，你可以自由發揮，傻笑、手腳亂晃、渾身抽筋——都可以。」

嚴卉說著，打開攝像機，鏡頭對著他，「放鬆，不要緊張，臉不要繃得那麼緊，自然一點，好，開始了——」她倒了杯水，遞給他。他接過喝了一口。嚴卉朝他做手勢，示意他全部喝下去。他咕咚咕咚喝完了，一抹嘴，笑笑。很快的，翻個白眼，整個人似是站立不穩，晃了兩下，對著鏡頭說：「你給我喝的啥玩意兒？」神情漸漸有些恍惚，眼神渙散。

嚴卉按了「暫停」鍵，走上前指導他，「你要罵『他奶奶的』，然後，把小指頭翹起來，」她做著示範，「就這樣——像女人那樣。」他狐疑道：「哎，不會是讓我扮人妖吧——我這人正大光明，不搞這些名堂的。」她笑笑，「你放心，就憑你這副模樣，沒人會打你主意。」她拿過他的手，把他的小手指翹起來，像蘭花指，「對，就是這樣，拿杯子的時候就這麼翹著，我們重來一次。」

嚴偉連著喝了五杯水，折騰了近一個小時，嚴卉才說「ＯＫ」。他脫掉雨衣，摘掉口罩和墨鏡，進廁所小便去了。一會兒出來，問她，你不會是搞什麼非法活動吧？嚴卉朝他看看，說，是啊，你怕不怕？他先是一怔，隨即拍胸膛道，怕個屁，老子天不怕地不怕。

嚴卉在一旁看他。這樣做有些冒險了。又有些卑鄙。利用了這個男人。前幾天趁他洗澡時，她翻過他的房間，只有幾件舊衣服，電腦包破了個洞還在用，皮夾裡十來張鈔票，沒有銀行卡——顯而易見，這是個窮困的男人。她托馬麗蓮在公安局的朋友查他的身份證——是真的。嚴卉不能不小心。倒不是全為了自己，還有別人。嚴卉覺得，眼前這條路，是個陡坡，不由自主便往下溜去，只當是好好走著，抬頭一看，起點竟在頭頂。沒知覺地，便已陷了下去。兩旁倒是山花爛漫，一片錦繡，可離得老遠，伸手觸不到——也沒這個心思。只顧往前走了。坡底風景最美，湖泊明鏡似的，把山上的景物倒映在湖裡，波光粼粼，冷得清透，都不像人間了。嚴卉這麼想著，一會兒清醒，一會兒迷糊。真的陷進去了。眼睛一閉，只當是做夢。惡夢美夢，全憑運氣。

第二天早上起來，嚴偉沒頭沒腦地問她，你是不是快樂王子？她心裡咯噔一下，嘴裡說，你也曉得快樂王子？他道，你以為我不看新聞不看報紙——你真的是快樂王子？嚴卉喝口牛奶，說，是啊，我就是，你老聰明的。他朝她看了一會兒，隨即笑起來：

「你要是快樂王子，我就是玉皇大帝了。」

他又歎道，你要真是快樂王子就好了，像我這樣的窮人，就等著快樂王子救濟了。嚴卉說，你身強力壯沒病沒災的，快樂王子才不會來睬你。他道，你怎麼曉得？她道，不是告訴你了嘛，我就是快樂王子，怎麼會不曉得？她說著，舉起一隻手，作勢向他肩膀砍去，「喏，砍掉一條手臂就行了，快樂王子肯定睬你了。」她朝他笑。

他也笑笑。停了停，忽的拿起她的手，往自己的另一邊肩膀砍去。

「這樣肯定更會睬我了。」

嚴卉乾咳一聲，把手抽回來。裝作不經意地，捋了捋瀏海。匆匆把剩下的牛奶喝完，拿包出門了。走到樓下，聽嚴偉在陽臺上叫：「哎，你今天想吃點什麼菜啊？」旁邊幾個鄰居走過，都朝她看。她臉上頓時有些火辣辣的。

「隨便——什麼都可以。」她頭也不抬，作出不耐煩的樣子。轉身走了。

嚴卉問張阿婆要了銀行帳號，直接把錢打進帳戶，方便也安全。一天，她在銀行轉帳時，竟恰巧遇見葛軍，換了件乾淨的衣服，只是手伸出來還是黑，密佈著青筋。指甲縫裡都是老泥。他存錢——盡是些零票，折得緺巴巴髒兮兮，還有大把硬幣。折騰了半天，櫃檯小姐臉色很不好看，又說他的銀行卡是好幾年前辦的，勸他取消，換一種新卡。他說，我炒股用的就是這張卡，不好取消的。櫃檯小姐朝他看，眼神有些鄙夷。一會兒辦完了，扔張單據出來，忙不迭地叫「下一位」。

葛軍拿著存摺退到旁邊，用那條斷臂撐著扶手，坐下。嚴卉坐在他旁邊。瞥見他存摺上的數目，竟然不少。葛軍察覺了她的目光，朝她看。嚴卉連忙坐正了，假裝翻看手機。葛軍朝她笑笑。她猜他應該認出她是雜誌社裡的人，每天抬頭不見低頭見的，也算半個熟人。便也朝他笑了笑。葛軍說，存錢啊。她嗯了一聲。葛軍停了停，又道，今天氣溫又低了。她點頭。他道，明天還要冷。嚴卉便又點了點頭。

一會兒，葛軍站起來，朝外走去。斷臂垂在一邊，晃啊晃的。嚴卉望著他的背影，想這人是命不好，倘若四肢健全，說不定倒能搞出些名堂。也作孽。

猛然間，警笛聲沒命似的響起來，幾乎要將人的耳膜震裂——嚴卉渾身一抖，驚得魂都沒了，想這下劫數真的到了。手腳一軟，差點把皮夾掉在地上。誰曉得員警並不衝進來。只聽見門口亂成一團。「是那個斷手——」有人猛的叫起來，「斷手被員警抓走了——」

嚴卉愣了好一會兒，猶猶豫豫地走過去。見門口停著好幾輛警車。許多人在圍觀。葛軍耷拉著腦袋，被兩個員警帶上車。一個抓手臂，另一個卡著他的後頸。葛軍額頭流了不少血，直滴到脖子裡。應該是剛才掙扎時受的傷。

「好像是搶銀行，還打傷了幾個保衛。前兩天新聞裡報的。」嚴卉聽旁邊有人輕聲道。

「嘿，斷手也搶銀行，獨臂大俠啊。」又有人嗤笑。

「少林寺練過功夫的，鷹爪鐵布衫，子彈打不穿的。」

「話說回來，斷手不搶銀行，怎麼活——別說斷手了，現在手腳齊全的人過日子也不容易——」一人恨恨地道。

旁邊人「噓」的一聲，那人才不說了。員警表情嚴肅地往四周掃視了一圈，威風凜凜地上了車。很快，警車疾馳而去。警笛聲聽得人心驚肉跳，半晌才平靜下來。圍觀的人哄一陣，也漸漸散了。臨去時兀自興致很高，唾沫橫飛。「今天也算開眼界了——」

嚴卉回到家，桌上已擺好了飯菜。排骨湯、紅燒土豆，炒菠菜。嚴偉繫著圍裙忙碌，又問她要不要喝飲料。她說不用。嚐了一口菜，「土豆有點鹹——排骨湯裡怎麼放蕃茄，餿了似的。」

「吃現成的還這麼多話，」他說，「我又不是專業的，做到這種地步算不錯的了。」

嚴卉挾了筷排骨放進嘴裡，嚼了兩下，不知怎的，忽然想起曹大年的紅燒肉來。

「我有個朋友，」她怔怔地道，「燒菜味道特別好。」

「是廚師嗎？」

她嗯了一聲。

「那有什麼稀奇，」他道，「廚師要是燒菜味道不好，那他靠什麼吃飯？」

嚴卉放下筷子，心裡有些難受。她舀了兩勺湯，忽的瞥見那本童話集放在餐邊櫃上，先是一怔，隨即想起是自己昨天拿出來忘放好了。嚴偉順著她的目光看去，「你這麼大了還看童話書？——我翻過了，打開就是〈快樂王子〉。你把書籤插在那頁。」

嚴卉不說話。

「你要真是快樂王子，我就舉報你。換一筆獎金。」他嘻皮笑臉地道。

她問，會有多少獎金？他道，不曉得，又沒有明碼標價，估計兩三萬總有的。她道，兩三萬就把人家出賣了，你有啥開心？他道，為啥不開心，快樂王子不就是想幫人嘛，我成全他。再說我又不認識他，管他呢。她嘿的一聲，道，就是，管他娘呢。

他朝她看了一會兒，咂了咂嘴，忽道，難不成——你真是快樂王子？

嚴卉道：「我是快樂王子他娘。」說完霍的站起來，拿起童話集便走進房間。砰的一聲，把門關上，反鎖了。她自己也不曉得為什麼生氣，其實也不是生氣，就是情緒很差。心裡像是窩著一把火，又似是包著一汪眼淚。火也不是三昧真火，而是莫名其妙的邪火，陰惻惻地燒起來，自己也沒知覺的。眼圈竟又紅了。她打開抽屜，翻出記帳本——從去年起，一共給了葛軍五筆錢，加起來一萬三。葛軍的簽名歪歪斜斜，又是一筆一劃的，像拿火柴胡亂搭起來的。嚴卉覺得後悔。後悔得要命。她想，炒股就炒股唄，都斷了條手臂呢，睜隻眼閉隻眼就是了，跟他頂真什麼。要是不拗斷，他也不至於鋌而走險。一會兒又安慰自己，不幫他，那錢還是幫了別人，又不是私吞了——不必自責到這種地步。嚴卉覺得自己很傻，傻得都沒藥救了。眼淚在眶裡打轉，竟又掉不下來。

嚴偉說要開始寫推理小說。在網上發表。「我算是看透你了，講起來也是雜誌社的人，其實也沒啥用場，幫我發了兩篇文章就剎車了——還是要靠自己。」

他拿小說給嚴卉看。其中有一段是偵探跟朋友約好——正常情況下，寫信稱呼後面不跟「冒號」而是「句號」。倘若哪天後面跟了「冒號」，便說明是受人脅迫或者不是真心話。

「嚴卉。你好！請問你現在心情好點了嗎？」嚴偉在紙上寫道。

稱呼後面加的果然是「句號」。她看了，說聲「無聊」。他嘻的一笑，道，會罵人就表示心情好了，女人都這樣，罵男人死腔、活該、無聊什麼的，心情至少能打七十分。她反唇相譏，道，你這麼瞭解女人，怎麼到現在連個女朋友也沒有？他道，你怎麼曉得我沒有？追我的小姑娘，從這裡一直排到南京路呢。

他又在紙上寫道：「嚴卉。你好！請問晚上你想吃點什麼菜？」

她別過頭不理。他把紙放到她面前。她瞥見了，差點就要罵「死腔」，想到他剛才的話，硬生生地忍住了。「隨便！」她重重地說道。

社區門口，趙瘸子和她女人，一個搓麵粉，一個炸油條。趙瘸子臉上是謙卑的笑，「來一副？」見到誰都這麼問。嚴卉本已走了過去，又折回來，買了一副大餅油條。她已吃過早飯了，肚子還撐著。一直捏在手裡。到了社裡，送給傳達室的老張吃了。嚴卉原本是有些恨趙瘸子的，現在不知怎的，滿腦子竟都是個「不容易」——都不容易呢。這個世上，誰都活得不容易。各人有各人的活法，各人有各人的造化，都是為了過日子，都不容易。這麼想著，嚴卉便覺得趙瘸子也不是那麼可恨了。都是可憐人。做些不上道的事，是因為可憐；使些小心計，也是因為可憐。嚴卉又想到葛

軍，心裡酸酸的。半晌，歎了口氣，

快樂王子的眼睛，總是帶著哀傷。若不是這樣，他又怎會透過那些華彩的幔幃，撥開五光十色的薄霧，只看到人間的苦痛？藍寶石的眼睛，想必流下的淚水也是晶瑩剔透。帶著清冷的光，觸手該是一片沁醒。慢慢暈開來，太陽下如彩虹般，美得都不真實了。淚水也擲地有聲。那樣柔弱的東西，因為有了某種信念，變得更加堅強。

（四）

網上流傳著一段視頻，名稱是「看快樂王子怎麼讓人跌入圈套」。——狹小的屋子裡，一個男人被哄騙著穿上雨衣，戴上墨鏡口罩，喝下一杯飲料後，即刻變得神智不清，中了魔似的，傻笑。鏡頭外伸出一隻手，遞給他一張銀行卡，說話聲音很模糊，「密碼是××××××。男人說話喜歡跟一句「他奶奶的」。拿飲料的手，小指頭翹得老高。

電視臺製作了一個關於「快樂王子」的專輯訪談。幾位社會學方面的專家學者，關於最近城中熱門話題「快樂王子」，進行了一番討論。結合網上的視頻，大家都認為，快樂王子通過迷藥等手段，讓無辜的人陷入夢遊狀態為其所用，這種行徑極其惡劣。

王德發、張阿婆、瞎女人、趙瘸子也被邀請了。

王德發說，快樂王子給的錢，加起來不過幾千塊，每次給錢時還要寫收據、錄音，做戲似的。張阿婆激動地表示，要不是孫子生病，她無論如何不會要這些錢，更何況數目也不多，對於醫藥費來說只是杯水車薪，倒像得了他天大的恩惠似的。瞎女人回憶起那次去延中綠地的事，表現出極大的厭惡，說，被他利用了，成了幫兇了。趙瘸子則涕淚俱下，說，要不是居委會幫忙解決了工作，日子真是沒法過了，現在好了，又對生活有信心了。

現場還有一位公安局的刑偵處處長。他指出，據保守估計，「快樂王子」通過不正當手段所獲得的錢財應在二十萬元以上。而所支出的，絕不超過五萬元。也就是說，劫富是真，濟貧是假。他呼籲廣大市民，要提高自我防禦意識，樹立正確的人生觀世界觀，不要被不法分子所利用。如有確實困難可以找當地的街道與居委會，要相信國家與政府的能力，相信最終一定會得到妥善的解決。

嚴卉坐在電視機前。她看到王德發坐在主持人邊上，顯得有些緊張。當主持人問他「快樂王子是怎麼找到你的」時，他嘿的一聲，道，誰曉得，反正快樂王子不是什麼好東西。——情緒有些過頭了。臨去前，嚴卉在電話裡對他再三叮囑，要表現得自然些從容些，不要太假。那些話是她一字一句教的，連哪裡該停頓哪裡該氣憤都考慮到了。王德發撅著嘴，一百個不情願，竟似比她還委屈。他道，我不想把你說的那樣壞。她安慰他，你把我說的越是壞，我就越開心，你要拿出點本事來，把快樂王子說成一個大壞蛋。王德發不依，堅持說，快樂王子是好人。她道，你心裡曉得他是好人就可以了，當著別人的面，你要罵他，把他罵得很慘，越慘越好。

張阿婆到底上了歲數，沉穩得多，感情也內斂得多。她說起快樂王子時，有點上海老派婦女的潑辣，還有尖酸，「他曉得我是個老太婆，不識幾個字，也不懂什麼大道理。你們看坐在這裡的，老的老，傻的傻，瞎的瞎，瘸的瘸，這樣的人才好被他擺佈——」嚴卉挺滿意。就是眼神太凌厲了些，怪嚇人的。瞎女人話不多，但該說的話一句不落，表現還不錯。趙瘸子是唯一一個沒有事先打過招呼的，純粹是本色演出。比起上次，倒似收斂了許多，除了一開始掉了幾滴眼淚，後來就再也沒有吭過聲。主持人問他話，也是支支吾吾不願多說。

馬麗蓮想不通。「你教他們這麼作賤你，你有什麼好處？快樂王子是你辛苦創建起來的品牌哎，你就捨得這麼把它毀了？」她半開玩笑地。

「不毀了快樂王子，難道要毀了你男人？」嚴卉反問。

嚴卉從馬麗蓮那裡出來，到家已經是午夜了。開了燈，見嚴偉躺在沙發上睡得正香。她推他，「要睡回床上睡去，別侵佔公共地方。」他睜開眼睛，坐起來，道，你回來了——這麼晚？她道，跟一個朋友去看電影了。他道，你倒是快活，虧我等了你半天。

她在沙發上坐下。點了一支菸。

他怔了怔，道，你怎麼還抽菸，女人抽菸不好。她嗯了一聲，說，我曉得，你去睡吧。他說，作為你的房客，我有義務校正你的壞習慣。她耐著性子，說，我曉得你是為我好，我抽完這支就不抽了。他不依不饒，道，一支也別抽，香菸又不是什麼好東西，我是男人都不抽——要不是看在你為人還爽氣，免了我一年水電煤的分上，我才懶得管你呢，你——

嚴卉霍的站起來，朝陽臺走去。

「好好好，你抽你抽，我什麼都不說了。」他忙不迭地進房間了。

嚴卉站在陽臺上，往遠處看。抽完一支，又點上一支。仰起頭，見天上的星星，像女孩子衣服上的碎晶片，閃啊閃。彷彿一伸手，就能拿到似的。又像無數顆眼睛，看著世間的一切。她想，不管怎樣，至少它們能看到——她的心。快樂王子的心。童話最後，快樂王子的身體被燒化了，可那顆鉛心卻怎麼也熔化不了——他的紅寶石、藍寶石、金片……都拿去給了窮人。什麼都沒有留下。高貴的快樂王子，被人嘲笑、鄙視、殘踏。他的軀體被無情地投向焚燒爐。可他的心，永遠陪在上帝的身邊，在天堂的花園裡微笑著安息。

第二天，嚴卉覺得頭痛，沒去上班。睡到十點才起床。

家裡沒人。冰箱門上有小紙條：「嚴卉。你好！就算你嫌煩，我還是要說，抽菸對身體不好。冰箱裡有柳丁和葡萄，抽菸的人要多補充維生素C。你多吃一點。我出去剃個頭，很快回來。」

嚴卉打開冰箱，果然見到有洗好的葡萄，還有柳丁，切好了放在一邊。她吃了兩顆葡萄。聽到有開門聲，忙把水果又放回冰箱。做出剛起床的樣子，到衛生間刷牙。

嚴偉開門進來。手裡提著菜籃，一隻老母雞的頭伸在外面。「喲，起床了——今天不上班？」

她嗯了一聲。瞥見他把頭髮剃得很短，忍不住嘲他一句：「怎麼剃了個勞改犯的頭——」嘴角一撇，想笑，忍住了。

他朝她看，說：「想笑就笑出來。笑又不是什麼壞事情。年紀輕輕的小姑娘，搞得像修道院裡的修女似的。真沒意思。」

她不理他，到陽臺上做操。他跟在她後面，道，我買了隻雞，正宗蘇北老母雞，燉湯好不好？她還是不理他。他又道，是我請客，四十好幾呢。她朝他看了一眼，道，怎麼好意思讓你破費？他嘿的一聲，道，客氣啥，同一屋簷下，相互關照嘛。

他停了停，乾咳一聲，忽道，那個——你覺得我怎麼樣？

嚴卉一怔，還當他是在向自己求愛，忍不住好笑，想這人倒也直接，又聽他說下去：

「你覺得——我這個情況，又沒錢又沒工作，是不是可以考慮給我一點幫助？」

嚴卉又是一怔，不懂他的意思。他摸摸頭，有些欲言又止，似是很不好意思，「嗯，你不是快樂王子嘛，那個，能不能幫幫我？」

嚴卉一凜，霍的朝他看。他忙把目光移開。嚴卉盯著他足有半分鐘，再一想，網上那段視頻傳得沸沸揚揚，他又怎麼會不知道？——其實早該想到的。

她不說話，停了停，又從陽臺走回客廳。他跟在後面，小心翼翼地，「你放心好了，我不會把你說出去的，我這個人最夠意思，不會出賣朋友的。」

半晌，嚴卉道，我勸你最好還是裝作不知道，對你沒啥好處。他忙搖手，道，沒錯沒錯，我不知道，我什麼都不知道——。嚴卉瞥見他有些討好的神情，心一横，打斷他道：

「我沒錢。」

她帶他到書房，打開抽屜，拿裡面的錢給他看，「我的錢統統在這裡了，一共兩千五百八。」他看了，笑笑。她曉得他不相信，索性把記帳本、收據一併給他看，「你要是不嫌煩，可以自己拿去算算，看我有沒有騙你。」他摸了摸頭，還是笑笑。

嚴卉忽然有些激動起來。

「我曉得你不相信。你肯定覺得，我在騙你對吧。也難怪，現在人人都曉得快樂王子是個大騙子，手裡握了大把的錢，幫人只是幌子，目的是為自己斂財——你也是這麼想的，是吧？」她搖了搖手，「不過很抱歉，我現在真的沒錢，你要是氣不過，可以去公安局報告。你自己說的，兩三萬塊獎金總歸有的，不吃虧。」

他怔了怔，有些結巴了。「我又沒說——沒說要去公安局。」

嚴卉在沙發上坐下，打開電視。把音量調到最大。嚴偉在旁邊看了她一會兒，出門了。嚴卉坐著一動不動。眼睛盯著螢幕，什麼都沒看進去。腦子裡空白一片。她猜他大概真的去公安局了。嚴卉覺得渾身的血都充到大腦裡了。她想走，可是腳卻不聽使喚。又想，能走的了嗎，跑得了和尚跑不了廟。耳朵都嗡嗡響了。整個人像要飄起來，都失了重了。

幾分鐘後，嚴偉風風火火地開門進來。手裡拿著兩把蔥。

「燉雞湯怎麼能不放蔥呢？你瞧我這狗腦子——」

他說完，進廚房去了。嚴卉聽到雞的慘叫聲。應該是在殺雞。長這麼大，她還是第一次碰到有人在家裡殺雞。倒有些好奇了。她站起來，走到廚房門口。見他一手拿刀，另一手抓住翅膀和腳，脖子展開，一刀把喉管割斷，雞血流到下面的盆裡。燒開水，倒進盆裡，稍稍浸一浸，便拿出來，拔毛。動作乾淨利索，不過兩、三分鐘，一鍋雞湯便擱在火上了。

嚴偉端著飯菜出來，見嚴卉還坐著，老僧入定般。「吃飯了。」他道。

嚴卉想說「不吃」——這算怎麼回事，氣氛詭異得要命。可偏偏不自由主地站了起來。嚴偉道，你嚐嚐看，湯是不是有點淡？她坐下來，嚐了一口，說，還好。他道，放點鹽是不是更好？她道，隨便。他又去廚房加了小半勺鹽過來。

「多喝點雞湯，你臉色不大好。」他道。

嚴卉拿湯勺的手一顫，被這話竟弄得有些觸動了。眼圈也有些熱了。她把湯勺一放，忽的，大聲道：「少假惺惺了，現在你什麼都知道了，你打算怎麼辦？」話一出口，便想敲自己的頭。——這麼沉不住氣，都不像自己了。

他怔了怔。「我沒打算怎麼辦呀——我本來是想跟你要點錢，既然你說沒有，那也沒辦法——其實我曉得，你要真那麼有錢，又何必去搞什麼兼職翻譯，天天弄到半夜三更？還有，天天晚上陪男人跳舞，嘴巴紅得像要吃人一樣，你又不是花癡——都一起住了幾個月了，你是什麼樣的人，我還看不出嗎？要是為了自己，你根本犯不著這樣。不管別人怎麼看你，反正我曉得，你這人還不錯，快樂王子也不容易。——你不要以為我是在拍你馬屁，我是真的這麼認為。」

「你是好人，」他又加了句，「是個很高尚的人。」

嚴卉還是頭次聽他這麼一本正經地說話。低下頭，假意拿紙巾擦嘴，把快要溢出的淚水拭去。她發現自己最近好像特別容易掉淚。搞不好了，都像林黛玉了。

「想哭就哭出來，」他道，「哭又不是什麼壞事情。」

「那笑呢？」她想起他之前說的話。

「笑和哭都不是壞事情。想笑就笑，想哭就哭。人幹嘛活得這麼累？」

吃完飯，她說要洗碗。他一把搶過，「不用討好我，我也不會去告密。」她有些不好意思了，道，我又沒說你會。他把冰箱裡的水果拿出來，放在茶几上，「你坐著吧，吃點水果。」

嚴卉坐下來，看到水果盆裡有一張紙條，上面寫著：「嚴卉。你好！我支持你，你一定要堅持下去。」她不禁朝廚房看去。見他也在看她，還朝她做了個鬼臉。

他問她：「是不是有些難過？」

「為什麼？」

「外面人人都在罵快樂王子。你不難過嗎？」他道。

嚴卉搖了搖頭。

「讓他們去罵吧。罵得越凶越好。無所謂。」她把目光投向窗外，神情恬靜。不知為什麼，眼前這個來歷不明的人，讓她覺得貼心、溫暖。她很願意把心裡話告訴他。就連當著馬麗蓮，她也沒有這種感覺。很奇怪。她停頓了一下，說下去：

「其實這正是我希望見到的——快樂王子越是被糟踐得厲害，人們越是討厭快樂王子，快樂王子越不是個東西——我的朋友才越安全，才會越快獲得自由。」她說完，朝他笑笑。有些澀然地。

曹大年釋放那天，天氣格外的好。他走出來，朝天伸了個懶腰。陽光都有些刺眼了。他看到不遠處的馬麗蓮。他沒理她，自顧自往前走，上了一輛公車。找個空座坐下。馬麗蓮也跟著上來。坐在他後面的位子。兩人都不說話。到了站，一先一後地下了車。

曹大年穿過兩條馬路，走進一個小茶館，坐下。很快地，馬麗蓮進來了。走到他面前坐下。兩人飛快地對視了一眼。先是沒表情，繼而噗哧一聲，都笑了出來。

「像特務接頭。」他道。隨即長長地吐出一口氣。

嚴卉隔了好幾天，才去看的曹大年。凌晨兩點，約在馬麗蓮家。曹大年比兩月前瘦了許多，眼眶那裡深陷下去，發青發暗，應該是一直沒睡好。「他奶奶的，以前老想減肥，可怎麼也減不下去，現在一下子輕了十斤，嘿，也蠻好。省得老子買減肥藥了。」

嚴卉朝他看，說，你受苦了。他嘿的一聲，說，也沒受啥苦，裡面有吃有喝還不用幹活，就當是療養。馬麗蓮給嚴卉倒了杯茶，道，你們聊，我先去睡了。大人能熬夜，肚子裡的小孩吃不消。她最近妊娠反應很大，吃什麼吐什麼，身材也有些顯山露水了。醫生說她有些妊娠高血壓，血糖也偏高，勸她少吃水果，多鍛練。

嚴卉問曹大年，要當爸爸了，什麼感覺？他道，眼睛一眨，肚子裡就有了，像變戲法一樣。嚴卉笑了笑，又問，飯店那個工作，還做嗎？他道，老闆嚇都嚇死了，哪裡還敢請我？不過也沒啥，只要有手藝，不怕找不到工作。嚴卉沉默了一下，道，是我害了你。

他搖手，「你別這麼講。說句老實話，我在裡頭這兩個月，倒是想通了許多事情。命有好命壞命，人也有好人壞人。我曹大年命不算好，生下來就死了爹媽，一個人在孤兒院長大，沒少吃苦。命是天生的，由不得自己。可好人壞人，自己能說了算。一輩子就那麼幾十年，我現在是連孩子都快有的人了，將來孩子大了，問，爸爸是個怎麼樣的人。我就算不能跟他明說，至少心裡能叫得響亮——我曹大年也幹過替天行道的事。這就夠了。真的，你別覺得不好意思，我又不是小孩，那些事情，我要真不想幹，你能勉強得了我？都是我心甘情願的，一點還價也沒有，真是死心塌地要跟你上天堂了。」他說著，朝他笑。

嚴卉胸口那裡似是被什麼輕輕撞了一下，一股暖意在流動，麻麻癢癢的，連帶著五臟六腑都暖了起來。都能聽見流動的聲音了。她朝他看，半晌，忽道：

「你曉得，當初我為什麼會找上你？」

「為什麼？」

「因為，你燒的小菜有我爸爸的味道。」

嚴卉回憶第一次見到他的情景。到小飯店，叫了一個紅燒肉，一個薺菜豆腐羹。「還記得我讓老闆把你叫出來吧——我就是想看看你長什麼樣，怎麼燒的菜和我爸爸燒的一個味道。」

他愣了一下，「他奶奶的，你不會以為我是你爸爸轉世吧——年紀也不對啊。」

嚴卉笑笑。「你少占我便宜。我爸爸可比你英俊多了，也不會整天『他奶奶的』的罵人——我那時就想，這個人，怎麼是這副德行，和我爸爸一點也不像——」

「我跟你講，你不要瞧不起我們勞動人民。我們不就是粗魯一點嘛——」曹大年笑。

「我後來想，這大概就是緣分——你們老闆是托了你的福了，否則我才不會三天兩頭過去吃飯呢，他在我身上可賺了不少——我每次過去，腦子裡就想著，爸爸正在廚房裡忙碌呢，這些菜就是他親手燒給我吃的。我這麼想的時候，胃口就特別好，能吃兩碗飯。」

嚴卉說著一笑，問他，我是不是有點傻？他搖頭道，不傻。她道，我那時還想過，乾脆把這個人包下來算了，讓他天天給我做飯。他道，做你的專屬廚師？她道，是啊，別的什麼都不用幹，只要做飯就行了。他道，那馬麗蓮不是要吃醋了？她嘿的一聲，道，沒有我，你能認識馬麗蓮？曹大年我跟你說，我可是你們的媒人，將來小孩生出來，一定要認我當乾媽。

他爽快地道，行啊，沒問題。

當天晚上，嚴卉沒有回去，睡在馬麗蓮家的沙發上。客廳的窗簾拉著，卻不怎麼遮光，又是路燈又是月光，初時還不覺得，越睡就覺得越亮，眼前明晃晃的。她索性爬起來，把窗簾拉開。整個人沐浴在嫩黃色的月光裡。周圍很靜，偶爾有風吹過的聲音，也是三下兩下，很快就過去了。早過了立春了，再冷也是小打小鬧，不成氣候。

剛才來的時候，嚴卉覺得樓底下有動靜。她猜是有人跟蹤——其實也是意料之中的事。凌晨兩點又算得了什麼，自己騙自己罷了。該是二十四小時監視呢。遲早能查到她。嚴卉想到這，不知怎的，竟也不太驚慌了。隱隱還有些豁出去的快感，像是觸電那一瞬，痛得都麻了，沒知覺了。她曾經問過自己無數次——將來會怎麼樣呢，會是個什麼樣的結局。這問題不能想，一想就頭疼得要命。那條道是越來越陡了，不見天日的，總有到底的一天。嚴卉的心被什麼塞的滿滿的，都有些窒息了，一下子，卻又空了。一點也不剩。

嚴卉找了個房產仲介，賣房子。仲介給她定的價位是一百七十萬。不高也不低。嚴卉自己減掉二十萬。仲介倒有些看不懂了，「是不是等錢急用啊？」嚴卉說，要出國。仲介便拍胸脯向她保證，「小姑娘你放心，你這個價位，一周之內肯定能成交。」果然，不到一周，仲介便喜孜孜地打來電話，說房子有人看中了，只是還嫌貴，要求再減掉十萬。這回嚴卉不肯了，說，一百五十萬，一個子兒不能少。仲介只好再去找那人商量。那人原本也只是試探一下，這樣的地段，這樣的房型，又是精裝修——沒幾天便簽了合同。

嚴偉當初租房是簽了半年合同。現在才三個月不到。嚴卉把剩餘的房租退給他，又賠了他兩千塊錢，「不好意思啊，害你又要找房子了。」嚴偉問她，你真要出國？嚴卉嗯了一聲。他又問，去哪兒？嚴卉說，還沒想好。他奇道，房子都賣了，還沒想好？嚴卉說，大概是模里西斯。他看了她一會兒，忽的豎起大拇指，道，姑娘，你很有性格。

曹大年原先工作的那家小飯店，沒了曹大年，生意每況愈下，加上經濟形勢不好，沒多久，老闆終於撐不住了，要轉讓。告示剛貼出來，嚴卉便接了盤。是讓曹大年出面辦的。裝潢擺設、功能表，還有夥計，都不變。曹大年跟他們熟，都有感情了。連廚房的家什也稱手的很。嚴卉問曹大年，想不想當老闆？曹大年說，傻瓜才不想，就是沒這個命。嚴卉說，這家飯店，從現在起，就是你的了。

曹大年還當她開玩笑，問，我當老闆，那你呢？嚴卉笑笑，說，飯店交給你，我還有什麼不放心的？曹大年疑疑惑惑地，朝她看了半天。嚴卉說，好好做，別虧本了。他兀自有些想不通。她又笑了笑，說，你手藝擺在那裡，我對你有信心。

「那些人都交給你了——你一定要好好幹，要賺錢。要是虧了，我饒不了你。」嚴卉說完，覺得自己口氣過於鄭重了。有些嚇人了。她伸出手，想和曹大年握個手——這就更嚇人了。曹大年下意識地，往旁邊一躲，半晌，才把手伸過來。嚴卉的手很冷。他不自禁地打了個寒顫。

「他奶奶的，怎麼跟講遺言似的。」他想開個玩笑，話一出口，心跟著一跳。很不吉利了。他朝嚴卉看。嚴卉笑得很甜。他還是第一次在她臉上看到這樣清澈的笑容——這才是二十出頭的女孩子嘛，甜甜美美的多好。以前那副腔調，跟上了年紀的阿姨似的。曹大年心一寬，把她的手輕輕一握，又捏了兩下。「小姑娘！」他以老賣老地叫了聲。見她並不反感，大著膽子，又在她的頭上輕輕拍了一記。她的頭髮很軟很細，像絲緞。曹大年忽然對她有些憐惜，想，這個年紀，懂個屁啊，腦子裡裝那麼多奇奇怪怪的東西——

接下去的幾天，嚴卉分別去看了王德發、張阿婆、大明、趙瘸子，還有瞎女人。

她很突兀地出現在王德發面前。王德發朝她看了半天，問，你是誰啊？她說，快樂王子。王德發愣了半天，一副不敢置信的模樣。她便卡著喉嚨，模仿平常對他說話的腔調，「王德發，你照我的話去做，我說一句，你說一句——」王德發聽到她的聲音，驚訝地叫起來：「對啊對啊，你真的是——」嚴卉朝他笑。他問，怎麼你是女的？她道，我又沒說我不是女的。他顯得很開心，翻來覆去地說，快樂王子是女的。嚴卉點頭，道，沒錯，快樂王子是女的。

大明倒不像王德發那麼驚訝。「我老早曉得你是女的了。」嚴卉問他，你怎麼曉得。他有些扭捏地，說，看你的身材就曉得了，我又不是傻子。嚴卉臉紅了一下，隨即哦了一聲。他停了停，又道，那五萬塊錢，我早晚會還給你。嚴卉說，不急。他道，不還給你，我心裡不好受，硌得慌。嚴卉點了點頭，說，好，我等著。

趙瘸子出去買麵粉了，家裡只有他女人在。她問嚴卉，你找誰？嚴卉說，我找老趙。女人去廚房倒水。嚴卉打量這間小屋子，沒一件像樣的家俱，灰濛濛的，除了結婚照——趙瘸子和她女人，穿得花花綠綠，兩人臉上的粉都搽得不少。一會兒，趙瘸子回來了。他看到嚴卉，先是一怔，隨即說聲「你好」。住一個社區，都認識。趁她女人到陽臺上收衣服的當口，嚴卉飛快地說了句「我就是快樂王子」。趙瘸子一驚，差點從凳子上滑下去。嚴卉說，沒啥事，就是來看看你。——她覺得自己像在逗他似的。趙瘸子的臉都白了。她搖手，道，沒事，真的沒事。我坐一會兒就走。

去張阿婆家之前，嚴卉到超市買了些營養品。祖孫倆都在。小男孩在寫功課，張阿婆剝毛豆。嚴卉進去時，半碗毛豆還放在桌上。小男孩抬頭朝她看。她摸了摸他的頭。他最近又長高了些。嚴卉說，大小夥子了。小男孩有些內向，不怎麼愛說話。嚴卉想看他的作業，他不好意思，拿手擋住了。嚴卉看到作業本上有幾個叉，笑了笑。

嚴卉對張阿婆說，我是快樂王子。張阿婆的眼睛一下子睜大了。渾濁的瞳孔微微顫著。她有些慌亂地請嚴卉坐，又說要去泡茶。嚴卉說不用，讓她也坐下來。小男孩剛出院沒多久，身體還虛弱。臉色很差，嘴唇一點血色也沒有。醫生的意思是，待在醫院裡也沒多大意思，浪費錢。張阿婆把孫子打發到外面去，說起這個，忍不住便要落淚。嚴卉勸她，車到山前必有路，總會有辦法的。又說，我待會兒帶他出去逛逛，行嗎？張阿婆點了點頭。

瞎女人的那段，有些驚險。嚴卉老遠看到瞎女人在那裡跪著，面前放著要錢的鐵盒。〈桑園訪妻〉唱到尾聲，「看起來果然為我做三周年，感謝你娘子情意長——」嚴卉緩緩朝她走去。忽見她伸手一搖。幅度很小，不注意根本看不見。嚴卉一怔，繼續往前走。瞎女人又搖了搖手。這次幅度很大了。嚴卉心裡一動，停下來，掉頭走了。第二天又去找她。瞎女人解釋道，昨天有兩個便衣在旁邊，盯著我好久了，我怕他們——瞎女人越說，聲音就越輕，到後面都像蚊子叫了。嚴卉曉得她為什麼難堪——要不是裝瞎，她又怎會看見員警，提醒自己呢？瞎女人不是真瞎，像許多以乞討為生的人一樣，她只是在做戲。瞎女人的眼睛很亮很靈活，視力應該很好。嚴卉忽然想到，她其實老早就見過自己了，要真是狠下心腸，賺一票也不是問題。憑她這樣的處境，也算難得了。嚴卉倒有些感激她了。兩人不說話，氣氛有些尷尬。半晌，瞎女人說了句，不好意思哦。嚴卉忙道，沒啥。瞎女人又道，我男人在鄉下種桔子，下次我拿點給你，正宗黃岩蜜桔，甜得很。嚴卉倒有些想笑了，說，謝謝你。離開時，瞎女人忽道，好心有好報，你會有好報的。嚴卉笑笑，嗯了一聲。

該見的人都見了。嚴卉覺得，像謝幕。拿真面目示人——快樂王子的真面目。這些人都見過了。其實也是緣分。嚴卉覺得，當初選擇這麼做，好像也只是一念之間，說做就做了。有時候想想也覺得匪夷所思，又不是一天兩天，前前後後加起來都超過兩年了。真的像在經營一項事業了。上海人說「像真的一樣」，野豁豁了。也不曉得是該佩服自己還是該砸自己一個毛栗。都不像正常人做的事了。有些刺激，有些徬徨，又有些得意——畢竟不是人人都做得出來的事。很過癮。嚴卉這麼想著，嘴角不自覺地露出微笑。

嚴卉拉馬麗蓮去拍照。「講起來也是好姐妹，一張合照也沒有——」馬麗蓮拗不過她，便拍了一張。嚴卉咧開嘴，笑得有些誇張，牙齦肉都露出來了。馬麗蓮說，怎麼跟鄉下人似的，笑成這副德性。

午夜，路上空蕩蕩的，嚴卉一個人走著。她看到自己的影子，一會兒拉得老長，一會兒又成了一個小點。這麼長長短短，扯橡皮筋似的。風吹在臉上，汗毛跟著飄動，癢癢的。嚴卉抬起頭，看天。沒有星星，也沒有月亮。夜幕像一個巨大的鐵鍋，看久了，似是被它沒頭沒腦地一把罩住。黑壓壓的，整個人都陷進去了。

嚴偉一時找不到地方落腳。嚴卉讓他暫時住在浦東那套小房子裡。她關照他，這套房子是她朋友的，剛裝修好，當心點。嚴偉看到臥室時曹大年和馬麗蓮的合照，問她，這兩人是你朋友？嚴卉嗯了一聲。嚴偉又問，那你呢，你住哪裡？嚴卉想了想，道，再說吧。嚴偉問她，什麼時候走？嚴卉說，就這一兩天。他問，模里西斯？她笑笑，說，是啊。他問，去了還回來嗎？她道，看情況吧，多半不回來了，那裡可是好地方，人間天堂。

他朝她看了一會兒，也笑了笑，說，就是，人間天堂。

嚴卉媽媽和詹姆斯要回澳洲了。臨走前一天，嚴卉請他們吃飯。就在曹大年的小飯店裡。詹姆斯對這家店的菜表現出極大的興趣，幾乎是吃一口讚一聲。嚴卉媽媽則不大滿意，甚至還對嚴卉說「我是無所謂，可還有詹姆斯呢，你應該找個更像樣的地方才對。」憑她與嚴卉這麼冷淡的母女關係，說出這樣的話來，已經是很重了。嚴卉推薦母親嚐嚐那道紅燒肉。「是不是很好吃？」嚴卉媽媽說，這樣的紅燒肉，許多本幫菜飯店都做得比它好。嚴卉有些失望，她本來還以為母親會和她一樣，從中嚐到爸爸當年的味道。吃飯時，嚴卉媽媽不斷拿紙巾捂著鼻子，流露出嫌惡的表情。只有在詹姆斯給她舀了一勺薺菜豆腐羹時，她才勉強笑了笑。嚴卉坐在母親旁邊，聞到她身上濃烈的香水味。她鬢角處有一根白頭髮，不知怎的，嚴卉很想把它拔了。嚴卉媽媽起身去上廁所，嚴卉也跟著站起來。「我陪你一起去。」嚴卉媽媽似是覺得好笑，「你陪我去幹什麼，我又不是小孩。」嚴卉只得訕訕地坐下來。詹姆斯說，你媽媽是不想讓你等，你知道，她在裡面也許要花上半個小時補妝。嚴卉笑笑。

吃完飯，三人走出來。嚴卉很想送母親回酒店。詹姆斯伸手招了一輛計程車，嚴卉跟在母親身後，猶猶豫豫的，手都快碰到她衣角了，終是不敢，又縮了回去。詹姆斯在嚴卉臉上吻了一下，說，歡迎到澳洲來玩，親愛的。嚴卉點頭。她朝母親看。嚴卉媽媽與她擁抱了一下，說，自己當心——只是很快的，便鬆開了。嚴卉眼淚在眶裡打轉，臉上帶著笑。向他們揮手道別。車子啟動。嚴卉看到母親的背影，與詹姆斯相依偎著。她很希望母親能回頭看她一眼——可惜沒有。車子很快消失在視線中。嚴卉的眼淚掉了下來，燙燙的。一直流到脖子裡。

「再見，媽媽。」她心裡道。

嚴卉收到嚴偉的短信——「嚴卉：你好！請你現在到我這裡來一趟，好嗎？有點急事。」

嚴卉下了地鐵，徑直走過去。這套房子離地鐵站很近，是很早以前爸爸單位分的，當初還覺得偏遠，現在通了地鐵，到市區也才二十分鐘。很方便。

走到社區門口時，嚴卉忽的想起什麼，拿出手機，翻到那條短信又看了一遍——「嚴卉：你好！請你現在到我這裡來一趟，好嗎？有點急事。」她吃了一驚，汗毛都豎起來了。

她沒有遲疑，快步離開了。感覺自己心跳得很快，咚咚咚，都快跳出胸膛了。路邊停著一輛計程車。她飛快地坐上去。她對自己說，要鎮定，都快到終點了，一定要鎮定。

她進了一個網吧。進入www.happy-prince.com，網頁已被刪除了。她曉得遲早會這樣。之前只是為了抓捕快樂王子，才一直留著這個網頁。現在肉在砧板上，都接近尾聲了，網頁自然被刪掉了。一切都是順理成章的事情。

半小時後，嚴卉來到陸家嘴的環球金融中心。這幢樓建成不久，取代金茂大廈，成為上海第一高樓。外形酷似一把長刀，因為是日本人設計的，所以被戲稱為「日本軍刀」。嚴卉訂了九十二樓的一個房間。她上了電梯。整幢大廈人不多，有些空落落的。她走進房間，把門反鎖上。

站在樓上，往下看，人成了一個個黑點——真是比螻蟻還要小，密密麻麻的，蠕動著。那麼渺小的東西，彷彿手輕輕一抹，便能抹去似的。看似沒有生命，可每一個黑點，又是那麼確確實實的。每個生命，都是自成曲調。是引亢高歌，還是淺唱低吟，又或是哀嘶悲鳴，只看各人的命。命真是最玄妙的東西。怎麼也由不得自己。老天把比例都配好了。總有那麼些人，活得不如意。一點法子也沒有。這樣的人，太多了。簡直比螞蟻還要多。

——可偏偏，快樂王子只有一個。嚴卉在心裡歎了口氣。

水果刀搭上手腕的時候，嚴卉打了個冷顫。手都在發抖了。她停下來，打了個電話給「120」，說這裡有人要急救。掛掉電話，手抖得更厲害了。嚴卉從冰箱裡拿了兩罐啤酒，沒頭沒腦地灌下去。才鎮定了些。她又打電話給王德發，讓他打「110」報警，說快樂王子在環球金融中心九十二樓。王德發死也不肯，說，我不打。嚴卉是不想浪費這個機會，舉報應該有獎金的，三千也好五千也好，總歸是筆錢，浪費了可惜。又打電話給趙瘸子他們，可誰也不肯。都說決計不做對不起快樂王子的事。

嚴卉只好又坐了下來。

她原本想吃安眠藥的。可又怕安眠藥對心臟有副作用。

——那天，她帶小男孩去醫院，做了血型和身體組織檢查。結果是基本匹配。嚴卉都沒想到會這麼順利。她瞞著小男孩，在心臟捐獻書上簽了字。那一刻，心臟似是都停止跳動了，也不曉得是激動還是怎的。醫生說，現在很少有人像你這麼年輕就來捐獻器官的，怕觸霉頭。她笑笑，說，做好事嘛。從醫院出來，她帶小男孩去吃麥當勞。小男孩胃口很好，吃了一個巨無霸，還有聖代和薯條。她看著小男孩，忍不住把手放在他的胸口——心臟有節奏地跳著。她問他，這裡疼嗎？他搖頭，說，有時候疼，現在不疼。她又問他，長大了想做什麼？小男孩想了想，說，快樂王子。她沒料到他會這麼說，倒有些驚訝了。他說，快樂王子是男的，你是快樂公主。她笑笑，摸了摸他的頭。她說，要好好學習。小男孩嗯了一聲。她道，門門功課都要一百分。小男孩說，好。她又道，將來好好孝順奶奶。小男孩鄭重地點頭。臨別時，嚴卉把那本童話集送給他。小男孩翻到〈快樂王子〉那頁，朝她看，露出笑容。這是他倆之間的祕密。

小男孩天真地問，那我送你什麼好呢？她在頭上撫了一下，說，什麼都不用，我只要你健康地活下去。

遠處傳來救護車的嗚笛聲。漸漸近了。應該一兩分鐘內就能到。不能再等了。嚴卉把反鎖的門打開，隨即坐下來，深吸一口氣，對準手腕上的靜脈，一刀劃了下去。

血，一滴滴流在地板上，鮮紅鮮紅的。

——說也奇怪，竟然一點兒也不疼。頭有些暈，意識卻還清楚。整個人輕飄飄的，像是沒有一點重量。不曉得吸毒是不是這種感覺。有些迷糊，又有些愜意。好像什麼也不用擔心，像嬰兒在母親子宮裡的感覺。她好累，只想睡覺。

那一刻，嚴卉看到了爸爸。站在面前，朝她微笑。爸爸走近了，握住她的手。爸爸的手，粗壯又溫暖。她幾乎要落下淚來。爸爸說，寶貝，跟我來。她想站起來，卻沒有力氣。爸爸在她頭上輕輕撫著，一遍一遍地，柔聲說，沒關係，沒關係。

救護人員和員警衝進來的那瞬，她還剩下最後一絲意識。周圍很忙亂。人聲嘈雜。似是有兩個人把她抬起來，又有人為她止血。還有人叫「快點，再慢就來不及了」。那份心臟捐獻書就放在旁邊。她猜他們應該都能看見。從這裡到醫院，用不了多久。她的心臟，有足夠的時間，被放到冰盒裡，貯藏下來，不會腐壞——她的生命會停止，但她的心，將在小男孩的身體裡健康地跳動。她回想自己這一生，雖然很短，但也不枉了。想做的事都做了。盡力了。用曹大年的話說，就是「死心塌地要上天堂了」——她這麼想著，居然還笑了笑。

接著，迷迷糊糊中，看到嚴偉也進來了——穿著員警的制服。他的臉色慘白慘白，看著她。嚴卉好像一點兒也不覺得意外。她流了這麼多血，滿地都是，不曉得他會不會心疼。她奇怪這當口自己居然還會這麼想。她猜他也許會後悔。那條短信，他在稱呼後不用「句號」而是「冒號」，應該是提醒自己快逃。他希望她真的去模里西斯，離開這裡，走得遠遠的。早知道她會這樣，他也許寧可拿手銬銬了她。她曉得他有無數次機會抓她，可他沒有。要是被他的上級察覺，必定吃不了兜著走。他為了她，寧願冒險。

她用最後一點力氣，朝他看——那個人，穿起員警制服來樣子還不差。

終於，她眼睛一點點合上。什麼也看不見了，聽不見了。

周圍的人全消失了。空蕩蕩的，只剩下爸爸。她一下子抓住爸爸的手，輕輕巧巧地站了起來。身子輕得像沒有重量似的。爸爸說，我們走吧。嚴卉點頭，父女倆朝外走去。前方出現一個門，推開，是一條寬敞的大道。大道的那頭，閃著金光。隱隱還有歌聲。很動聽。許多長著翅膀的天使，在那裡飛來飛去。

父女倆拉著手，一步步走了過去。

嚴卉看見一個天使手裡拿著什麼東西。紅紅的，還在跳動。她問，這是什麼。天使告訴她，是快樂王子的心。——世界上最珍貴的東西。

尾聲

曹大年兒子的滿月宴，就辦在自家飯店的大堂裡。

王德發、趙瘸子、大明、張阿婆、瞎女人都來了。王德發現在也是飯店的廚師了。當然是打下手。曹大年覺得他的油墩子做得不錯，有潛力，準備好好栽培他。大明想應徵當跑堂的，曹大年不肯，說不能任人唯親，要先觀察觀察再說。趙瘸子的大餅油條攤生意還不錯，想擴充門面，再弄個生煎攤頭。曹大年笑說他要搶自己的生意。張阿婆的孫子心臟移植手術很順利，醫生說只要注意保養，將來可以和正常人一樣生活。張阿婆一高興，給曹大年的兒子買了個金木魚。瞎女人帶來正宗的黃岩蜜桔。味道很好。

曹大年提議把飯店改名叫「快樂王子」。馬麗蓮說，沒這個必要。心裡念著就可以了，又何必放在檯面上呢？她抱著兒子，翻出和嚴卉的合照，「這是乾媽，」她端著兒子的小手指，在照片上撫過，「乾媽長得很漂亮，是吧？」

小傢伙咯咯笑著，胖乎乎的手指，撫過嚴卉的臉。——嚴卉笑得很甜。照片上的人，和照片下的人，笑得一樣甜。

美麗的日子

（一）

吃飯時，衛老太發現，姚虹的手搭在衛興國的大腿上。

桌子是正方形的，桌布四個角垂下來，剛剛好，垂到人的大腿那塊，有些屏障的作用。可桌布到底不是屏風，又是紗質的料作，透光，衛老太一眼便看穿了那頭的景象。衛興國沒事人似的，吃飯喝湯，只是一個勁地抿嘴，很不自然了。姚虹真正是個小狐狸，面上還給衛老太舀湯呢，「姆媽，吃湯——」只一眨眼的功夫，手便到下面去了，像抹了油，動作都不帶咯楞的。

衛老太的眼睛，是把尺，一瞟，一測，便曉得那隻手在兒子的膝關節上兩公分處——倒也不算頂頂要緊的位置，離警戒線還有些距離。衛老太心裡盤算，姚虹進門不到一個月，手就擺到這個位置了。前陣子衛興國看見她，說話還舌頭打結呢，她呢，也是端著舉著，衛老太讓她和他握個手，「就算是認識了」，她死活不肯把手拿出來，老實得跟黃花閨女似的。現在倒好，一步到位，手直接上大腿了。

衛老太咳嗽一聲。那只手頓時鬆開了，又擺到桌面上來。給她舀湯。「姆媽，再吃一碗湯——」衛老太心裡哼了一聲。她自然不會說穿，但適當的警示還是要的。跟大人一桌吃飯，多少該收斂些。衛老太朝姚虹看。來上海沒多久，已經曉得化妝了，可惜眉毛畫成一邊高一邊低，搞得神情也跟著有些怪異，像有事想不通似的。衛老太想笑，又有些鄙夷。想鄉下人到底是鄉下人，乾脆清湯寡水倒也罷了，一打扮，就露了怯了。

姚虹是弄堂裡張阿姨介紹來上海的。張阿姨是熱心人，衛老太把意思跟她一說，她便張羅開了。衛老太不太喜歡北方人，說最好是江浙一帶的。可江浙一帶有點難度，模樣周正的，瞧不上衛興國，模樣差的，衛老太也不要。張阿姨勸衛老太，不妨把範圍擴大些。說到底人家還是圖個上海戶口，越是偏遠的，越是把這個看得重，別的條件就上去了。好比做乘法，X乘上Y等於Z，Z是常量，不變的。X越是小，Y就越是大。這個道理。衛老太想想也沒錯。

張阿姨動作也實在是快，沒幾天便把照片帶來了。是江西上饒人。衛老太一看，模樣還過得去。便問幾歲。張阿姨說三十四。衛老太問，結過婚沒？張阿姨說，結過。衛老太問，有小孩沒。張阿姨說，沒。衛老太又問，前面那個男的，是離了，還是沒了？張阿姨回答，兩年前病死的。

火車票的錢是衛老太出的。兩下裡一敲定，人就來了。衛老太關照張阿姨，別把話說死了，好不好還不知道呢。張阿姨曉得衛老太的顧忌，隔著幾百里，火車都要開一整天呢，又不是知根知底的，好自然不用說，倘若不好，連個退路也沒有。張阿姨想來想去，教了衛老太一招——先把她安置下，付她工資，讓她做些家務，相中了當然最好，要是相不中，再讓她走，只當是找個保姆。大家都不吃虧。衛老太覺得這法子蠻好，就怕人家不願意，傷自尊。張阿姨說，外頭找工作還有試用期呢，她不願意，有的是人排隊。再說了，你們家興國要是腿不瘸，上海女人哪裡尋不著了？提著燈籠都難找的好事，她這是上輩子燒高香了！

姚虹來的第二天，衛老太便帶她去醫院體檢。這麼做有些直白了，但別的可以馬虎，唯獨身體是頭一樁，半點玩笑開不得。依著衛老太的想法，沒有孩子自然是好，省得累贅，但又怕她生育有問題。衛老太是快七十的人了，做夢都想抱孫子，衛興國也四十好幾了，拖不得。這女人要是生不出孩子，就算是天仙也要請她走人。

體檢報告一切正常。衛老太放下心來，對著她只說是上海有這風氣，定期要體檢。

回去後，把朝北的小間騰出來給姚紅。說是小間，其實只是拿板隔出的一塊豆腐乾大地方，再拉道簾子。放個三尺的小床，連走路都累。衛興國改睡閣樓。姚虹拿餘光偷偷打量——改造過的老房子，小歸小，煤衛倒是獨立的。

姚虹整理東西時，衛老太一旁看著。一個舊的尼龍包，裡面幾件換洗的衣服，都是舊得不能再舊的。胸罩是的確良的，那種沒有鋼托，最最原始的式樣，洗得都出毛邊了。連衛老太這個年紀都不戴的。毛巾和洗漱用品也沒帶全。衛老太找了兩塊新毛巾給她，讓衛興國去樓下小超市買了牙刷。又從抽屜裡翻出一套真絲的睡衣睡褲給她。早些年買的，一直沒穿，倒放舊了。也算是見面禮。

姚虹千恩萬謝地接過。說，阿姨你真是好人。衛老太讓她改叫「姆媽」——這裡頭有層意思，畢竟不是真的保姆，人家千里迢迢是來找婆家的，道理上不能太虧待。

反正上海人「姆媽」也是渾叫的，以前衛興國的同學到家來，都叫她「姆媽」。並不見得真有什麼。讓人家叫一聲「姆媽」，看著不拿她當外人，好歹也是分心意。

當然了，也因為不是真的保姆，衛老太有心理準備，不指望她能把家務幹成一朵花來——姚虹是江西人，吃口重，衛老太特意關照她，不要放辣，不要放太多油和鹽。也是應了「矯枉過正」這個詞，姚虹做的頭一頓飯像是直接從水裡撈起來的，端上來時還說，姆媽，上海人吃得這麼淡，怪不得皮膚好，水靈靈的。衛老太告訴她，上海人吃得淡是淡，但也不用這麼淡，家裡又沒人得腰子病。於是第二頓，正宗的江西菜就上桌了。辣得母子倆一把鼻涕一把眼淚的。衛老太倒也不生氣，曉得她還是太緊張，分寸把握不好。便親自下廚示範。從菜場買菜，到擇菜切菜配菜，再到燒菜，手把手地指導。一道水芹肉絲，水芹菜是最麻煩的，要一片片撥開，小心挑去裡面的汙泥，半斤水芹菜總得擇個一陣子，洗個三五遍才行，而肉絲則必須配合水芹菜的寬度，切得極細，頭髮絲似的，否則裝盤不好看。開油鍋一炒，水芹菜裡的水便出來了，撇去水，盛到盤裡才半盤。卻是極費功夫的。還有香煎小黃魚，便宜東西，也是折騰人的，一條條魚要開膛剖肚，把內臟拿掉，水龍頭下沖洗乾淨，拿鹽醃了，晾個大半日，再放到滾油裡煎，一條條進去，香味頓時便出來了。煎的時候不能急，一急受熱不均，肉質就不是外脆裡嫩了。火也不能太大，否則皮焦了，賣相便差了。衛老太故意燒這兩道菜，像新學期給學生上的第一堂思想教育課，把主旨提到一個高度。上海人過日子的意思，精緻的簡樸，絮叨的講究——全在裡面了。

關於家務活，衛老太對姚虹說，以前在老家怎麼幹，現在就怎麼幹，不用有壓力。姚虹記下了——但畢竟是不同的。單說拖地吧。姚虹倒是勤快，趴在地上擦，抹布太濕，像寫毛筆字，一筆一劃都在那兒呢。衛老太說她，不用這樣，拖把不就在旁邊？乾拖把上稍微蘸幾滴水，拖起來又乾淨又省力。窗戶每個月擦一遍，用報紙。冰箱每兩個月除一次霜。陽臺要每天打掃。還有洗衣服，內衣分開洗是不消說的了，還要分顏色深淺，不能一股腦全扔進洗衣機，會串色。床單被套每兩個禮拜洗一次，曬乾後最好是熨一下，服貼。衛老太自己的衣服是不用熨的，反正老太婆一個，也不用見人。衛興國的襯衫外套是必須熨的，雖說在工廠傳達室上班，算不上什麼好工作，但男人的衣服領子要是軟塌塌的，精神也會跟著軟塌塌，就不上檯面了。

姚虹拿紙筆一字一句地記下來。這個動作讓衛老太挺滿意，好壞姑且不論，態度首先要端正。態度對了，接下去的事情才好辦。衛老太把第一個月的工資放到她面前。她微微一怔，遲疑了幾秒鐘，隨即收下了。臉也跟著紅了紅。這個表情讓衛老太有一絲內疚。多少是有些看輕人家了。倘若是上海女人，怕是早扭頭走了。衛老太想到這裡，話便軟下來了：

「也別有啥負擔，就當是自己家裡一樣——」

姚虹叫衛興國「阿哥」。衛興國頭次見到她，眼睛裡什麼東西一閃，倏忽便飄了過去。像道光。姚虹對著衛老太說話沒啥，可對著衛興國，鼻音就出來了，像重感冒。好多音在鼻子裡轉，每次都要轉好幾個圈才出來，不肯爽爽氣氣的。衛興國被她一通鼻音搞得一愣一愣的，也傳染上了，話在嘴裡打轉，半天才出一個字。衛老太看在眼裡，有些不爽，但再一想也好，兒子喜歡是第一條，否則她老太婆再張羅也沒用，到底不是包辦婚姻。

弄堂是通風的，還是穿堂風。藏不住事的。幾天工夫，誰見了衛老太，都要關切地問一句：

「人來了是吧？」

衛老太點著頭，嘴裡解釋，「先看看，先看看——」那些人還要細問，衛老太已快步走了過去。八字還沒一撇，她不想多談。那些人的嘴，說多了，假的也成真的了。衛老太最怕這樣。

姚虹倒是比想像中大方得多。見了人，總是客客氣氣地打招呼，既不多話，也不裝聾作啞。碰到樓上樓下，搭把手幫個忙，買個小菜晾個衣裳，也是沒二話的。時間一長，衛老太慢慢看出這小女人的好來——沒有小地方人的扭捏，待人接物還是蠻得體的。原先擔心那層不上不下的關係，怕彼此尷尬，倒也沒有。姚虹嘴上叫她「姆媽」，卻也拎得清，並不真把自己當兒媳。還是試用期呢，是學徒。媳婦也要學的呀，學會了，才能真的上崗。人家管吃管住，還給錢。比老家的師傅不曉得好多少倍呢。姚虹這麼想著，心裡便舒坦些。

臨來之前，姚虹把衛家的情況問了又問，大大小小的事，查戶口似的。她曉得介紹人是有些煩了。可嫌煩也沒辦法，這是大事。她問，衛興國是生出來就瘸，還是咋的？介紹人說，生出來不瘸，得小兒痲痺症瘸的。姚虹問，傳達室一個月能掙多少錢？介紹人說，千把塊吧，也就上海最低工資線。姚虹又問，他家那套房子是自己的嗎，有多大？介紹人說，弄堂曉得嗎，就是電視裡那種上海老弄堂，東家一個閣樓，西家一個亭子間，你自己想吧。這介紹人是張阿姨的一個遠親，撮合這事時並不十分熱情，而是有些居高臨下的，手底握著十來個女人，撲克牌似的。讓誰去不讓誰去，這可是天大的恩典。「他要是四肢健全，長得像許文強，家裡住別墅，一個月賺幾萬塊——他吃飽了撐的，找你？」介紹人最後這麼說。姚虹並不生氣，停了停，從桌底下遞了個紅包過去。「您多關照——」

到上海那天，衛老太母子去火車站接她。人群中，衛興國舉了塊牌子——「江西上饒，姚虹」，很醒目。姚虹看到衛老太，第一印象便是，這老太把自己拾掇得挺乾淨。稍稍放了些心。怕就怕碰到那種生活不能自理的老人。再看衛興國，原地站著看不出瘸腿，鼻子很大，眼睛有些瞇縫，不是那種很有男人味的長相，但也不太醜——姚虹又放了些心。火車站離家不太遠，回去時叫了輛出租。衛興國坐前排，她和衛老太坐後排。她是第一次坐出租，有些局促，一路上都緊貼車門，生怕碰著衛老太。衛老太身上有一股淡淡的雪花膏的香氣，端坐著不看她，也不說話。她聽介紹人說過，衛老太退休前是會計，也算是有文化的人。她只得朝前看。衛興國後腦勺有些禿，頂上白花花的一小塊，泛著光。姚虹想，這男人原來還是個癩痢頭。

母子倆專程來接她。這個細節讓她覺得挺窩心。後來向衛老太講起這事時，姚虹用了非常誇張的語氣，「感動啊，姆媽這麼大年紀，阿哥腿也不方便——真是很感動的。」衛老太還要客氣，「你大老遠地跑來上海，總歸要接的。這是道理。」姚虹說：「所以呀，所以真的是很感動，感動極了。」她一連用了四個「感動」，說到後面，眼圈還紅了紅——三分好說成十分好，人家聽了開心，自己也不吃虧，皆大歡喜——這也是道理。姚虹給家裡人寫信時，說她叫衛興國「阿哥」，那邊人聽了都笑，說，怎麼叫阿哥呢，是男人呀，不是阿哥。

她便解釋，「阿哥」其實就是男人，是「情哥哥」的意思。叫「阿哥」也好，不生分也不尷尬。樸樸素素的，是個好稱呼。

姚虹到的第二個禮拜，衛興國就邀她去看電影了。是上午場，半價。走進去，整個場子就他們兩個人。電影剛開場，燈一關，衛興國的手就活動開了。起初像搔癢，不經意似的，蜻蜓點水。是在試探。姚虹朝旁邊讓，可再讓也只有那麼點地方，總不能離開座位。讓到不能讓的時候，姚虹就不再讓了。於是衛興國動作幅度更大了。姚虹朝他看，見他眼睛盯著電影螢幕，煞有介事的，手卻很不老實。姚虹忽然想笑了。但這個時候不能笑，一笑就臊了，沒意思了。

關鍵還是家裡房子小。倘若只有兩個人倒也罷了，可多了個衛老太，就相當不方便了。這一帶的舊房子，老早就說要拆了，可雷聲大雨點小，拖到現在都沒動靜。看早場電影這個法子，衛興國還是跟廠裡幾個小青工學的，花幾十塊錢，坐上兩小時。

外面點杯咖啡都不止這個數。附近那家電影院搞噱頭，每天早上十點場只要十元錢，很划算。

再划算，總歸也是筆開銷。衛興國向母親要錢。他的工資，還有殘疾人補貼，都是衛老太替他收著。他不抽菸不喝酒，平常沒啥花銷。最多是剃個頭，買張ＤＶＤ片子什麼的。衛老太掏了一百塊給他。衛興國說，媽，再多給點。衛老太又加了一百。衛興國還是嫌少。

衛老太朝他看，問，要這麼多錢幹嘛？衛興國說，用呀。衛老太問，幹什麼用？衛興國紅著臉，說，看電影。衛老太其實是明知故問，當著姚虹的面，給他們個釘子碰。隔三岔五便往電影院跑，衛老太看不慣。可兒子這麼老老實實地說出來，衛老太又有些不忍了。到底是四十多歲的男人，也作孽。衛老太又多添了一百。至於再嫌少，那是無論如何也不行了。

衛老太說兒子，「公園裡坐坐不也一樣？電影院裡坐還要花錢，公園裡坐上一天，也沒人問你收錢——」衛興國嘴巴咕噥一下，沒說話。姚虹插嘴說：「姆媽講的有道理，我本來也是這個意思——」衛老太斜她一眼，心想，你倒會充好人。

有了第一次，就有第二次、第三次。數目越要越多，周期越來越短。衛老太的臉色也越來越難看。到後來，衛興國索性提出——由自己保管工資。廠裡工資一千三百塊，加上殘疾人補貼兩百多，總共一千五出頭。「我又不是小孩，老是伸手要錢，傻兮兮的。」

衛老太一口回絕。理由很簡單，「沒結婚就是小孩，錢放在我這裡，要用的時候問我拿——你有什麼不放心的？」衛興國說：「不是不放心，是沒必要多此一舉——姆媽年紀大了，管錢也老辛苦的。」衛老太嘿的一聲：「管錢有啥辛苦？多動腦筋，不會得老年癡呆症，多點鈔票，手也不容易生凍瘡。」衛興國吃癟，下意識地朝廚房看。姚虹在廚房燒飯，關著門。房裡只有母子倆。衛老太曉得姚虹是避嫌疑，可越是這樣，越是露了痕跡。

一會兒，姚虹端著飯菜出來，招呼兩人吃飯。她廚藝最近有所長進，一道蔥烤鯽魚有模有樣，只是味精還是放得多，吃的時候還行，吃完便不停喝水。衛老太前年腰椎間盤突出那陣，請過一個保姆，也喜歡放味精——其實這是保姆的通病，畢竟不是大廚，怕東家嫌自己手藝差，只好使勁放味精，吊鮮。衛老太跟姚虹說過幾次，她答應了，可臨到裝盤又是一把味道撒下去，習慣性動作。

衛老太說，味精不好多吃的，要得腎結石的。衛興國說，姆媽幫幫忙，哪有這麼嚇人，味精呀，又不是毒藥。衛老太白兒子一眼，說，凡事都要有個度，過了這個度，就算是仙丹也要吃死人。姚虹不吭聲，心裡曉得這話是說給自己聽的——衛興國三天兩頭要錢，現在又提出自己管帳，在老人家眼裡，是過了這個「度」了。

收拾完碗筷，姚虹把陽臺上的衣服收進來。衛老太拆一件舊毛衣，讓她幫著撐線。姚虹問，姆媽，織毛線啊？衛老太說，給興國織條圍巾。姚虹說，姆媽眼睛不好，還是我來弄吧。衛老太嗯了一聲，將繞好的線頭給她。姚虹把毛線纏在膝蓋上，一邊繞，一邊看電視。是韓劇《澡堂老闆家的男人們》。看著看著，衛老太冒出一句，「還是韓國好啊，有規矩，老人說一句話，小輩連個屁都不敢放，哪裡像中國，都反過來了。」姚虹忙說：「中國也是一樣的。」

衛老太歎了口氣，道：「上海有句俗話，叫『若要好，老做小』，我現在就是老做小。小的都爬到老的頭上去了。」

衛興國在一旁看報紙，像是沒聽見。衛老太講得激動，嗆了一口，頓時咳嗽起來。姚虹放下毛線，到廚房倒了杯茶過來，「姆媽，喝茶。」衛老太接過，瞥見她誠惶誠恐的神情，想，搞得跟童養媳似的，扮豬吃老虎。衛老太又朝兒子看，癡癡懣懣的模樣，跟那小女人相比，真是有些馬大哈的。衛老太想到這，更覺得不能把鈔票交給兒子，交給兒子便是交給那小女人。好也罷了，倘若不好，那是要出事情的。

衛興國放下報紙，用塑膠袋包了一堆竹片上閣樓了——衛老太曉得他又要搞那些花樣了，到外面撿些破竹片，編些小籃頭、小車、小人什麼的。房裡堆得到處都是。衛老太不懂兒子怎麼會喜歡這些名堂，勸過幾次都沒用，只得由他去了。說也奇怪，衛興國對別的事不上心，唯獨對這個例外，中了魔似的，一弄就是大半天。衛老太原先還以為有了姚虹，他會收斂些，誰曉得還是老樣子。一次衛老太向兒子提起這事，說男人整天搞這些沒用的，女人要看不起的。衛興國笑起來，說，怎麼會呢，她很支持的。衛老太倒有些意外了。

「姚虹說了，」衛興國有些興奮地告訴母親，「這是藝術，她老崇拜我的。」

衛老太把「崇拜」這兩個字琢磨了半天，覺得這小女人門檻太精，專挑兒子喜歡的話講。是個厲害角色。衛老太把這層顧慮說給張阿姨聽，張阿姨倒是不以為然，「小倆口自己開心就好，你想這麼多做啥？再說了，她捧著你兒子不好嗎？難道你希望他們整天吵架？」

衛老太說自己不是這個意思。「現在是還沒到手呢，所以捧著順著，等將來到了手，誰曉得會怎樣？」張阿姨聽了直笑，「你兒子是人又不是東西，什麼叫到手？你啊，想的太多，自己累，人家也跟著累。她要真有這種手段，又何必——」

張阿姨說到這裡笑笑，停住了。衛老太曉得她後半句是什麼。想想也是，現在這個世道，上海戶口也不像過去那麼吃香了，全國上下遍地是黃金，哪裡掙不到錢了，何況小女人長得也不難看。衛老太想到這裡，稍稍放了些心，可又有些不甘。想兒子又哪裡差了，要不是幼時那場病落了殘疾，現在怕是小孩都讀中學了。唉。

一次閒聊時，衛老太問姚虹，上饒是什麼樣子。她道，就是個小地方，沒上海這麼多高樓大廈，馬路要窄一點，車子也沒上海多。衛老太有些驚訝了，說，那裡還有車子？姚虹也驚訝了，隨即笑道，姆媽，上海人是不是都這樣，以為除了上海之外，其它地方都是農村？衛老太給她說得挺不好意思，忙道，不是的不是的。姚虹說，上饒是個地級市，還沒有上海一半大，不過綠化挺好的，空氣也好，這兩年房價漲得很快，市區那塊也要一萬一平米了。衛老太嘖嘖道，那不是比上海好？綠化好空氣好，房價也便宜。姚虹笑了笑，說，不一樣的，總歸還是上海好。有外灘，東方明珠，還有金茂大廈，多漂亮啊——哪裡也比不上上海。

她說到這裡停下來，歎了口氣。

「姆媽，『上饒』和『上海』只差一個字，怎麼就差那麼多呢？」

衛老太朝她看，半晌，也歎了口氣，道：「其實都一樣。上海睡大馬路的人也多的是呢。外灘和東方明珠又不能當飯吃。小老百姓過日子，其實都差不多的。」

姚虹動作很快，一天功夫便把圍巾織好了。交到衛老太手裡。衛老太戴上老花鏡，看了一遍，讓她去給衛興國。姚虹說，這是姆媽的心意，姆媽自己給他吧。衛老太說，你給我給不是一樣？我給又不會多塊肉出來。姚虹便拿去給衛興國。一會兒，衛興國戴著圍巾出來，興沖沖地向衛老太打招呼：

「姆媽，圍巾老漂亮的，謝謝哦。」

衛老太曉得兒子平常大大冽冽，才不會這麼討喜。必定是姚虹關照的。心裡不自禁地暖了一下，嘴上卻道，「謝什麼，把你養這麼大都沒說過一聲謝謝。一條圍巾有啥好謝的！」

衛老太帶姚虹去剪頭髮。姚虹一頭長髮毛毛燥燥，紮起辮子來像把掃帚，還是那種老式的笤帚，硬梆梆的。衛老太建議她剪成短髮，清爽些。理髮店的人說姚虹這種臉型，剪個ＢＯＢＯ頭倒蠻合適——就是那種厚厚的一刀平。等剪完了，衛老太一看，說，這不就是蘑菇頭嘛。理髮店的人笑起來，說，阿婆，你老懂經的，ＢＯＢＯ

頭就是蘑菇頭，是改良過的蘑菇頭。姚虹照鏡子，自己覺得蠻好。理髮店的人又說，阿婆，你們家阿姨這麼一剪，最起碼年輕五歲。

上海人統稱保姆為「阿姨」。衛老太聽了，忍不住朝姚虹看去，見她撫著瀏海在研究，應該是沒聽見。便問多少錢。回答是四十塊。衛老太一邊掏錢，一邊嘖嘖道，剪個頭可以買三斤大排骨了。那人笑道，我們這裡還算便宜的，外面找個什麼沙宣專門店，手藝還不見得比我們好呢，幾刀下去，十斤大排骨就沒了。

回去時經過菜場，衛老太說順便買點小菜。問姚虹想吃什麼。姚虹說，隨便。衛老太便開玩笑，說，那就買點大排骨。姚虹也笑，說，好啊。衛老太說，興國喜歡吃油煎大排，味道好是好，就是膽固醇太高。姚虹說，偶爾吃一頓，沒事的。

小販拿了幾塊大排，放在秤上，「一斤半多一點，二十塊。」衛老太正要拿皮夾，姚虹已搶著付了。「姆媽，我來。」給了小販二十，又給衛老太二十，「剪頭髮的錢。」

衛老太一愣，「這是做啥？」

「我自己剪頭髮，不能讓姆媽出錢。」姚虹說著，拿了排骨便走。衛老太在原地怔了一會兒，跟上去，「計較這個幹啥，你出錢我出錢不是一樣——」姚虹回頭笑道：「所以呀，我出錢不也一樣？」衛老太要把錢還給她，她讓開了，「姆媽你先走吧，我找老鄉聊聊天，一會兒就回來。」

姚虹的老鄉叫杜琴，三十來歲，在隔壁弄堂做保姆。姚虹空閒的時候，會去找她，兩個女人一起說家鄉話，聊聊心事。杜琴的東家是個孤老，無兒無女的，脾氣很古怪，不好伺候。杜琴常向姚虹倒苦水，說死老頭子又怎麼了怎麼了。姚虹勸她，幹得不開心就換個人家，哪裡不是賺錢。杜琴很羨慕姚虹，說天上掉餡餅，恰恰就砸中了她。姚虹撇嘴道，什麼餡餅，你看衛興國那滿臉麻子，倒像個麻餅。說著忍不住笑。

杜琴說姚虹新剪的髮型很不錯，「這下真的像上海人了，衛老太要定你了。」又問，老太婆啥時候給你們辦事情？姚虹說，誰曉得，八字還沒一撇呢。杜琴道，都好幾個月了，還沒一撇？姚虹歎道，不是「八」字沒一撇，弄不好連我這個「姚」字都沒一撇。杜琴忍不住道，老太婆也太把自己當回事了，房子比鴿子籠還小，兒子還是個瘸子，她就這麼吊起來賣？姚虹嘿的一聲。

回家時，在弄堂口見到衛興國，在跟麵粉攤頭的小英聊天，眉飛色舞地。小英兩隻手上都是麵粉，聊到興頭上，就往衛興國臉上一刮，兩道白花花的印子。衛興國笑得牙齦肉都出來了。姚虹待在角落裡，等他走了，才跟著上樓。衛老太看到兒子臉上的印子，問怎麼回事。衛興國說是不小心沾了石灰。姚虹拿毛巾給他擦拭。他說，謝謝哦。姚虹在他臉上抹了一把，幽幽地說，又不在工地上班，怎麼沾的石灰？衛興國道，就是說啊，奇怪了。

第二天，衛興國又說要去看早場電影。姚虹沒答應，說要洗被單。衛興國道，被單什麼時候不能洗？明天再洗吧。姚虹道，天氣預報說了，明天是陰天。她故意說得很大聲，衛老太聽見了，過來說，去吧去吧，今天天氣不錯。姚虹說，就是因為天氣不錯，才要洗被單啊。轉向衛興國說，等哪天下雨再去看吧。衛興國啞然失笑，說，哪有專挑下雨天去看電影的？姚虹不理，拆了被單去陽臺了。衛老太本來還想做好人，沒想到竟吃了個軟釘子，有些胸悶，想這小女人怪得很。問兒子，你們吵架了？衛興國說，誰吵架了，莫名其妙的。

姚虹洗被單時，想著剛才的情景——是杜琴教她的，說也別太低眉順眼了，有時候也得稍稍擺些譜，耍些小脾氣，這才是過日子的樣子。「你自己要擺正位置，你是他們家的媳婦，不是保姆。保姆要事事順著東家，媳婦不用這樣。時不時要對男人發發飆，給婆婆點臉色看，這才像是媳婦了——」姚虹聽到最後一句，忍不住笑，說，你懂得倒多。

姚虹把衛興國叫到陽臺上，讓他幫著絞被單。「我沒力氣，你幫個忙。」衛興國一邊絞被單，一邊問她，「好處費呢？」姚虹朝他白眼，「是你家的被單哎，還要好處費？」

衛興國說，這條是我姆媽的被單，不是我的。姚虹說，那你問你媽要好處費去。衛興國嘿的一聲，見旁邊沒人，湊上去在她臉上親了一口。「啵！」姚虹忙不迭地躲開，衛興國一手摟住她的腰，一手在她胸上抓了一把。「下流！」姚虹罵道。

衛興國笑得賊忒兮兮。姚虹從盆裡濕淋淋地撈起一條枕巾，用力一抖，水花濺了他滿頭滿身。趁他睜不開眼時，姚虹抓住他頂上一撮頭髮，用力一拉。他痛得大叫。與此同時，她湊到他耳邊，輕聲說了句：

「天氣預報說了，明天會下雨。」

（二）

居委會組織市內觀光一日遊。衛老太早早地便去報了名，一人八十塊，包午餐和東方明珠的門票。她問姚虹想不想去——其實也是隨口一問，錢都交了，哪有不去的理？姚虹來上海這些日子，除了去南京路逛過一圈，還沒怎麼出過門。衛老太覺得不妥當。姚虹時常寫信回家，猜想親家那邊必然會問——城隍廟去了嗎，東方明珠去了嗎，金茂大廈去了嗎——來了大半年了，統統沒去，總歸講不通。現在好了，一次性搞定，雖說是走馬觀花，但勝在效率高，短短一天工夫，上海灘該去的地方都去了。

八點鐘準時集合。在社區門口的空地。衛興國原先也想去，被衛老太拒絕了，「都是女人家，你一個男人擠在裡面算怎麼回事。」姚虹說衛興國，「你要是真想去，我把名額讓給你好了。」衛老太道，「他要想去才怪——這些地方啊，只有你們外地人才感興趣——」衛老太說溜了嘴，瞥見姚虹一副乾巴巴的神情，忙掩飾道，「這個，其實好多地方，上海人自己都沒去過，現在外地人一個個混得都比上海人好，有錢的都是外地人——」自己講著都覺得不倫不類。

姚虹暈車，車子開出不久便說想吐。衛老太問司機要了個塑膠袋，一會兒，姚虹便把早上吃的東西全吐了出來。又說胃疼。前排兩個女人搧著鼻翼，作厭惡狀。衛老太本來也嫌姚虹麻煩，可看她們這樣，又不免幫著自己人，「暈車呀，有啥大不了的，人是吃五穀雜糧長大的，又不是神仙。」那兩個女人嘴裡還「嘖嘖」作聲。衛老太促狹，趁著一個急剎車，把那袋穢物往她們面前一晃，兩個女人咿裡呀啦的尖叫起來，「做啥啦做啥啦——」衛老太忍著笑，「不好意思哦，剎車實在是太猛——」

午飯是在城隍廟吃小籠。姚虹說吃不下，衛老太硬塞到她碗裡，「你吃吃看，這邊小籠很正宗的，來一趟城隍廟不吃小籠說不過去——」又倒了些醋在她碟裡，「多吃點醋，胃會舒服些。」姚虹勉強吃了兩個。衛老太去找領隊，說，我們小姚不舒服，吃完飯就不玩了，直接回去了。領隊提醒她，不玩門票錢也不退的。衛老太說，我曉得，身體不舒服有什麼辦法。

兩人坐地鐵回去。路上，姚虹抱歉道，姆媽，對不起哦，害你也不能玩。衛老太嘿的一聲，說，不能玩就不能玩，有啥要緊的。姚虹還是第一次坐地鐵，啟動時沒拉好扶手，被巨大的慣性衝得後退幾步，虧得衛老太一把抓住她，「小心點。」姚虹拍拍胸口，不好意思地笑笑。

出站時，姚虹的票找不到了，上下口袋掏了個遍，像長翅膀飛了似的，沒影了。衛老太摸出三塊錢，又給她補了張票。姚虹跟著衛老太出站，窘得臉都紅了。衛老太看在眼裡，本來還要嘀咕兩句，想想算了。只是告訴她，地鐵不像公共汽車，票子一定得好好留著，出站還要查票呢。姚虹說，就跟坐火車差不多。衛老太說，可不是，地鐵說到底也是火車，在地下開的火車。

回到家，衛老太讓姚虹在床上躺著，燒了水，給她沖了個熱水袋。又下了碗麵條，熱氣騰騰地端過去，「怕你胃吃不消，也不敢放澆頭——多少吃一點。」姚虹心裡一暖，說聲「謝謝姆媽」，接過。衛老太在床邊坐下來，問她，胃是偶爾疼呢，還是一直不好？姚虹回答，冷天容易疼，或者吃了辣的也會疼。衛老太又問，到醫院查過沒有？她說，沒有。衛老太說，那不行，要查一查。胃病這東西，可大可小的。

衛老太也是雷厲風行，第二天便拉著姚虹去醫院做了個胃鏡。結果是胃裡幽門螺桿菌超標，還有輕微的十二指腸炎。醫生說，幽門螺桿菌會傳染，中國人不實行分餐制，很容易得這個病，沒啥大事，不過還是要吃藥。配了三種藥，連吃半個月。

晚飯時，衛老太在每個菜盤裡都放了把勺子，「我們也來學外國人，先用公勺把菜舀到自己碗裡，再吃。」衛興國嫌麻煩，照樣拿筷子挾菜。半空中被衛老太的筷子攔下了，兩隻筷子短兵相接。「說了用公勺，」衛老太強調道，「現在不像過去，要講究些。對大家都好。」

姚虹在一旁不吭聲。拿公勺舀了些青菜，就著把整碗飯都吃了。心想，衛老太是怕她傳染給她母子倆呢。姚虹讀書不多，聽醫生說幽門螺桿菌超標，一顆心便沉了下去，想胃裡有細菌，那還了得。不免有些心灰意冷。洗完碗出來，見衛老太在小聲跟衛興國講話。衛興國抬頭朝她看了一眼。姚虹猜想必定是說自己。

果然，一會兒，衛老太先洗腳睡覺了，只剩下她和衛興國兩人。衛興國照例又往她身邊蹭，上下其手——只是卻不與她親嘴。姚虹心裡哼了一聲，把他推開，說，我累了，要睡覺。衛興國說，才幾點啊，你又不是老太婆。姚虹沒好氣地說，我不是老太婆，難道還是青春少女？衛興國嘿的一聲，拿白天編的小玩意兒給她看——是輛小轎車，用極細的竹片編成，染上顏色，車尾上居然還有個「奔馳」的標誌，十分逼真。姚虹原不想睬他的，見了也忍不住拿過來看，「嘖嘖，手倒是巧——」

衛興國得意地說：「那當然，你老公嘛。」

姚虹鼻裡出氣，哼道：「老公？算了吧，我可高攀不上。」衛興國道：「不是你老公，難道是別人老公？」姚虹道：「早早晚晚的事。」衛興國訕笑著，又去搭她的肩膊。她皺眉，往旁邊躲。他又去搭。來來回回好幾趟，衛興國說她，「怎麼跟泥鰍似的，滑不溜手——」

衛老太其實沒有睡著，躺在床上，外面兩人的說話聲都落在她耳裡。她一聽姚虹的口氣，便曉得這人多心了。又不是什麼大病，她再老糊塗，也不會計較這個。衛老太打個呵欠，忽聽衛興國「啊」的一聲，似是吃痛，嘴裡噝著氣，直嚷「手斷了斷了——」又聽姚虹壓低了聲音說「看你還敢不敢——」跟著，腳步聲也有些紛亂了。應該是一個追一個逃。扶梯吱嘎吱嘎直響。一會兒，又嘻嘻哈哈的笑。衛老太曉得兩人在耍花槍呢，想，男人天生都是賤骨頭，給小女人這麼打打罵罵，服貼的不得了。

又想到自己年輕時，和死鬼老頭也有過甜蜜的光景，幾十年過去了，還會像放電影那樣在眼前繞來繞去。衛興國長得像他爸，尤其是鼻子，簡直一個模子裡刻出來的。都說兒子像媽才有福氣，他要是長得像自己，大概也不會吃那麼多苦，得了那該死的病，五歲不到便瘸了腿。又碰上男人公傷喪了命，三十來歲年紀，便只剩下她一人，孤零零地帶一個瘸兒子。那時衛老太真是連死的心都有了。硬生生挺了過去，腦子裡只存一個念頭——「別人怎麼活，我便也怎麼活」。孤兒寡母，好不容易撐到了今天。傷口早止了血，結了疤，厚厚硬硬的一塊，倒比旁人還結實些。衛老太其實也沒啥苛求——兒子找個好女人，結婚生子，安安生生地過下輩子，那便足夠了。

張阿姨幾次來問消息，衛老太都說「不急，再看看」。張阿姨道，怎麼不急，你們興國都四十好幾了。衛老太說，那也急不得啊，又不是挑大白菜——是挑媳婦，是大事，要謹慎些。張阿姨說，我曉得是大事，可再大的事情，早晚也得拿個主意不是？我倒覺得小姚這人不錯。衛老太笑笑。姚虹隔三岔五便去張阿姨家，跑娘家似的，洗衣拖地做飯，還用自己的工錢給她買脆麻花和生煎饅頭——這些她都是知道的。衛老太並不覺得有多麼不妥，將心比心，換了誰都會這樣。可以理解。再想想，找個有點心計的媳婦也好，兒子那樣的傻瓜，是該有個能幹些的女人撐著才行。衛老太是想自己說服自己。如今這世道，尋個好媳婦實在不是件易事。衛老太真想兩手一攤，答應下來算了。大家省心，自己也省心。

外面一點點靜下來。應該是睡去了。衛老太起來披上衣服，走到外面。小間的布簾沒有拉嚴，留道縫，透出些光來。她停下來，朝裡瞥了一眼——見姚虹坐在床上寫信。被子有些軟，她拿本檯曆墊在下面。微蹙著眉，寫得很慢，一筆一劃的。紙上密密麻麻已寫滿了大半。她握筆的姿勢有些奇怪，中指抵著筆桿，倒像在寫毛筆字。很用力。額頭上隱隱都有汗珠了。衛老太還是第一次親眼見她寫信，她白天做家務時是那樣，原來寫信時是這個模樣。有些好奇了。燈光在她頭上鍍了一層澄澄的暖色。長髮垂下來，遮住了半邊臉。

衛老太看了會兒，正要走開，手肘不留神在牆上碰了一記。「砰！」姚虹頓時察覺了，霍的抬起頭，看見她。

兩個女人一裡一外，對望著。

「姆媽，我、我已經好了，馬上關燈——」姚虹很快反應過來，慌亂地把信放在一邊，躺下來，伸手去關檯燈。

衛老太曉得她誤會了，連忙搖手，「不要緊，你寫你的，我上廁所。」從廁所出來，見那道布簾已完全敞開了，燈關了，漆黑一片，裡面靜得沒有一點聲響，似已睡著了——衛老太一怔，在門口站了片刻，不知怎的，竟有些心酸。慢慢地走回房間，心想，要是哪天真的討了她做媳婦，一定要讓兒子好好待她。

元旦時，衛興國給母親買了件羊絨衫，原價兩千，打六折。姚虹幫著她換上新衣，在鏡子前晃了一圈。衛老太覺得挺滿意，嘴上還要嘮嘮叨叨。「嘖嘖，老太婆一個，花這個錢幹啥——」衛興國說，老太婆就不用打扮了？你兒子又不是沒錢。衛老太聽了這話，心裡咯噔一下，忽想起這陣子他竟不問自己要錢了，早場電影還是照看，逛過兩次淮海路，上周還去了趟錦江樂園。工資和獎金好端端在抽屜裡藏著——他哪來的錢？

衛老太反覆想了兩遍，竟有些擔心了。怕他學弄堂口那些痞子們——鬥地主、二十一點、撥眼子、梭哈，沒日沒夜的賭。那可是要命的。弄得不好一家一當都要送進去的。衛興國骨子裡不是個讓人省心的東西，讀初中時跟一群壞孩子偷工廠的廢銅爛鐵去賣，那些人腿腳利索倒也罷了，可憐他瘸著腿，被人輕輕鬆鬆逮個正著。衛老太氣壞了，也嚇壞了。把他吊在房樑上，拿皮帶往死裡抽，一邊抽一邊抹眼淚。心想，要是真的走歪路，乾脆打死乾淨，也省得操心了——總算是懸崖勒馬，生生給扭了回來。

衛老太想到這些，汗毛都豎起來了。當著姚虹的面，不好開口。待她去陽臺收衣服，才做賊似的問了。人家來上海是想找個本分男人，要是衛興國真做了什麼見不得光的，別說上饒女人，就是非洲女人，也不見得肯跟他。衛老太問的時候，聲音都有些發抖了。誰知衛興國聽了大笑，「姆媽，你想到哪裡去了——哎喲，真是天曉得了！」

衛興國從床底下拖出一個小箱子，打開，裡面都是他擺弄的那些小玩意兒。小車、小人、小動物——「嘩」的一下，倒的滿地都是。

「姆媽，藝術也可以掙錢的。懂嗎？」衛興國得意洋洋地說。

他說姚虹在網上辦了個小店，專賣這些小玩意兒。起初只是抱著試試看的心思，誰曉得還真有人買。客人的意思是，東西做的不錯，就是包裝太老實，不上檔次。姚虹便買來大紅色的硬板紙，自己動手做成一只只紅盒子，把玩意兒裝進去，外面綁上金色的絲綢，再添上「喜」字——現在婚禮上都流行小遊戲，拿這個當獎品最合適不過，價格不貴，又別緻。事實證明姚虹的思路完全正確。這麼包裝一下，銷路頓時上去不少。每周至少能賣出十來件。

「再這樣下去啊，存貨就不夠了，非得再接著做不可。姆媽你老說我不務正業，還說要統統扔掉，嘿，虧得我們小姚識貨——」衛興國口沫橫飛地說。

姚虹從廚房走出來，聽見了，接著話頭說，「我也是隨便試試，誰曉得真的行——瞎貓碰上死老鼠了。」衛興國加上一句，「關鍵還是你老公手藝好。」姚虹朝他白了一眼，「少自吹自擂了。」

衛老太本已放下心來，但瞥見兩人極有默契的模樣，不免又有些酸溜溜的，「做生意啊，」她慢騰騰地道，「好是好，不過也有風險，又不是包賺不賠。」衛興國說：「有啥風險，我們這是智慧投資，不用本錢的。」衛老太嘿的一聲，「怎麼不用本錢？硬板紙不是本錢啊，上網的電費不是本錢啊，腦細胞不是本錢啊，那些小竹片不是本錢？」衛興國蹬了蹬腳：「哎喲，姆媽真是搞來——」

衛老太存心觸他們霉頭，說完了，心滿意足地去廁所了。說到底心底還是高興的，不偷不搶，坐在家裡便能賺錢。那些搞七捻三的小名堂居然也有人要。這世道是越來越讓人看不懂了。衛老太想，忘記問他們掙多少了。想來應該也不會太少。又是看電影又是逛街的，偶爾還要喝杯咖啡上個館子。談戀愛就要花銷。沒有比談戀愛更讓人快樂的花銷了。兒子今年四十出頭，比旁人整整晚了二十年才享受到這種快樂——總算是也享受到了。衛老太坐在馬桶上，渾身輕鬆。

衛老太問姚虹，怎麼想到在網上賣這個？姚虹回答，三樓的阿美教的。阿美在百貨公司賣化妝品，碰到商家搞活動送試用裝，便悄悄把試用裝藏下，對著顧客只說派發完了，然後再拿到網上賣——這已是行業裡公開的祕密了。衛老太平常很看不慣阿美，好好一個女孩，頭髮偏要染成五顏六色，指甲卻是烏黑。「那樣妖裡妖氣的人，能教出什麼好名堂？」姚虹說，一開始是借她的店做的生意，後來漸漸做大了，自己便也註冊了一個小店，「網上做這種生意的人不少，競爭激烈得很，虧得興國手藝好，才做得下去。」衛興國飛她一眼，得意道，「你才曉得啊。」

衛興國提議晚上去外面吃飯，「慶祝你兒子發大財。」衛老太不肯，說錢要省著花，又說外面不衛生，家裡燒幾個小菜，乾淨又實惠。衛興國說姆媽是死腦筋，「你當然無所謂了，反正也不用你燒——」衛老太聽這話不順耳，想，還沒結婚呢，就已經向著她了。

「我燒也行啊，」衛老太淡淡地說，「讓她歇著吧，我來。」

母子倆還在嘀咕，姚虹已飛奔著出去買了菜，回到家開始拾掇。晚飯時擺了滿滿一桌。香煎帶魚、糖醋排條、蠔油西蘭花、鹹菜乾絲。都是衛老太喜歡的。衛興國拿起筷子便吃，大讚美味，「我老婆的廚藝真是沒話說。」火上煨著雞湯，姚虹過去盛了一小碗過來，給衛老太，「姆媽替我嚐嚐鹹淡。」衛老太嚐了一口，說「還好」。姚虹道，我放了點干貝，好像有點腥氣？衛老太便教她，干貝要先拿黃酒發一會兒，再一片片撕開，不能這麼直接扔進去，「你當是大蒜頭啊？」衛老太嘲了她一句。姚虹笑笑，說，就是，又向姆媽學了一招。

私底下，衛老太問兒子，到底能賺多少？衛興國還要賣關子，道，反正不少。衛老太追問，不少是多少？衛興國說，不一定，要看貨色，差不多一兩百元上下吧。衛老太嚇了一跳，問，一件嗎？衛興國嘿的一聲，說，「當然是一件，難不成還是一麻袋？你以為是賣給廢品收購站？這是藝術，姆媽，你養了個藝術家兒子。呵呵。」

衛老太是真的有些吃驚了。一件一、兩百元，每星期賣十來件，那要多少錢啊？

衛老太不禁感慨，自己在上海住了一輩子，都不曉得還有這種賺錢的門道。姚虹才來了幾個月，已摸得清清楚楚。變廢為寶。兒子原來還是個搖錢樹。衛老太想到這，忍不住好笑。半是炫耀半是擔心地說給張阿姨聽。張阿姨趁勢又說姚虹的好，「多機靈的一個人啊，你挖到寶了——」

衛老太說，就怕是太機靈了，你看，小倆口悶聲大發財，就把我老太婆蒙在鼓裡。張阿姨說，低調點也好，過日子嘛。衛老太想來想去，還是那句話，「興國是馬大哈，怕是弄不過她。」

張阿姨勸她，「一個願打，一個願挨，你管那麼多呢。再說了，興國是璞玉，要沒有她，你還不是把他當石頭？門衛一個月能賺多少錢，現在可好，收入都趕上小白領了。所以說世界上的事啊，都是配好的。你們家興國拖到這麼晚沒成家，大概就是在等她。命中註定的。」

衛老太活到這把年紀，也是越來越信命了。張阿姨後面那句話，倒是說到她心坎裡去了。本來嘛，好不好都是相對的，只要對兒子好，那便是真的好。兒子自己喜歡，她又是實心實意為兒子打算——那還有什麼話說？衛老太心底裡舒了口氣，嘴上卻對著張阿姨歎道，「早曉得興國有這本事，又何必大老遠從外面物色呢，上海女人哪裡找不到了？唉。」

張阿姨聽了搖頭，說她：「一把年紀了，還要『作』。」

姚虹懷孕了。連著幾天都吐得一塌糊塗，起初還當又是胃病，衛興國陪她到醫院一查，歡天喜地的告訴衛老太，「姆媽，有了。」

衛老太高興得一顆心像剛釀好的果酒，甜汁都快滿溢出來了。面上還要裝老派，板著臉，「這個，還沒結婚呢，你們兩個小孩也真是胡鬧——」瞥見姚虹羞紅了臉，一副無地自容的模樣，忙又道，「算了算了，有都有了，總不能把它再變回去，對吧——都是你這個壞小子呀，」衛老太喜滋滋地在兒子身上捶了一下，「這下要命了，出事了，出事了。」

好運氣似乎是接踵而來的。沒幾天，便傳出消息，老房子要拆了。這次是千真萬確，居委會告示都貼出來了，預計在明年四月，讓各家各戶積極配合，做好拆遷工作。衛老太心裡算了筆帳，要是年前給兒子辦了婚事，戶口遷過來，那就是三個戶口兩個家，起碼能多分十幾個平方，折成現金就是好幾十萬。老天爺幫忙，時機掐得剛剛好。好事成雙。

親自去江西拜訪是來不及了，衛老太預備先跟親家通個電話，或是寫封信，商量一下婚事。外地有外地的規矩，時間再緊，該講究的還是得講究。不能讓人家覺得上海人不懂道理。衛老太問姚虹，「你們那裡是不是流行給聘禮？」姚虹說不用，「我爹媽都不看重這些，只要我自己過的好，就行。」衛老太想這是客氣話，總歸要意思意思的。還有金銀首飾，也得趕緊備好了。

衛老太帶姚虹逛了趟金店，挑了一副手鍊，二十四K足金。又買了一枚鑽戒，戒心是用碎鑽拼成的，價格不算貴，看著倒也熠熠閃光。姚虹的手指肥肥白白，手寸快趕上男人的了。售貨員誇讚說這是天生的貴婦手，有福氣。衛老太想，有沒有福氣還不曉得，買個戒指倒是多用不少鉑金，開銷上去了——想歸想，心裡還是開心的。快七十歲的人了，總算等到給媳婦買首飾了。

穿堂風一刮，左鄰右裡都曉得衛家要辦喜事了。衛老太不怕別人背後議論，說蹺腳兒子找了個外地來的保姆媳婦。無所謂，反正各家過各家的日子，冷暖自知。將來的事情誰曉得呢，四肢健全找個上海老婆，也不見得能白頭到老。衛老太是吃過苦頭的人，曉得天底下頂頂要緊的，不過是「實惠」兩字。興國爸爸去世那陣，為了多得些撫恤金，衛老太也不是沒豁出去過。面子是要緊，但敵不過孤兒寡母兩張吃飯的嘴。倘若那時稍有猶豫，只怕就沒這個家了——都是幾十年前的往事了，隔了這麼久，不提了。

衛老太讓姚虹給興國爸爸上柱香。死鬼老頭的遺像從抽屜裡請了出來，抹了灰，擺在五斗櫥上。姚虹點了柱香，鞠了三個躬。衛老太在一旁說，「這是你媳婦，現在肚子裡已經有小的了，你在下面要多多保佑他們——」姚虹對著遺像，恭恭敬敬地叫了聲「阿爸」。衛老太鼻子一酸，眼淚差點掉下來。

家務是不能再讓姚虹做了。姚虹還要堅持，說多活動有好處。衛老太說，等將來孩子生下來，有你動的時候，現在先歇歇。朝北的小間陰冷潮濕，衛老太把她挪到大間，寬敞，陽光也好。衛興國直說「姆媽偏心」，說有了媳婦就忘了兒子。衛老太沖他一句，「那好，今天起你睡下面，讓我老太婆爬扶梯睡閣樓——」衛興國還要擺弄那些小玩意兒，衛老太不許，說竹頭木頭都有碎屑，吸到氣管裡，要咳嗽的。「孕婦又不能吃藥，萬一生病了要吃大苦頭。」

閒暇時，衛老太教姚虹說上海話。兩個女人待在廚房裡，一邊剝毛豆，一邊進行嘴形和發聲的訓練。上海話在方言裡算是易懂的，入門快。但越是這樣，越是難說的正宗。上海話其實是一門學問，摻雜著許多東西在裡面，經年累月，像沖了幾道後的茶，水淺淺綠綠，清冽得能照見人影，茶葉穩穩地落在杯底，很紮實很乾淨。衛老太讓姚虹先別急著開口，多聽別人說。聽得久了，厚積薄發，自然而然就出來了。正宗的上海話，呱啦鬆脆，像一口咬開的小核桃，聽的人渾身愜意。上海人說上海話，「人」與「話」是二合為一的。聽見洋涇濱的上海話，就像看見西裝下面穿球鞋那麼彆扭。

姚虹道：「姆媽，上海話有點像日本話。」衛老太道：「是嗎，我可不覺得，小日本的話哪有我們上海話好聽。」姚虹又道：「上海的『吃飯』和上饒話差不多呢，姆媽我說給你聽——」她用上饒話說了一遍，「是吧？」衛老太聽了，也覺得像，「怪道『上海』和『上饒』只差一個字，原來還真有些講究。」

姚虹說要教衛老太上饒話。衛老太連忙搖頭，「我這把年紀，腦子都生銹了，記不住。」姚虹不依，說：「怎麼會記不住，從今天開始，姆媽教我上海話，我教姆媽上饒話，大家一起學習。」她帶著鼻音，這麼撒嬌似的說來，衛老太心裡一動，想，嗲啊嗲啊，兒子應該就是這麼被她勾了魂，所以連小把戲都勾了出來。

衛老太有些甜蜜地搖了搖頭，伸手在姚虹頭上輕輕撫了一下。兩人還是第一次這麼親暱。姚虹條件反射似的，差點要彈開——總算是忍住了，受了未來婆婆的這一撫。有著里程碑式的特殊意義。劃時代的。姚虹竭力讓自己表現得自然，心裡有什麼東西直往上溢，一股接著一股，直衝到頭上，先是臉頰，再是眼睛，都微紅了一片。慢慢漾開來，渾身上下都是暖的。

除了上海話，衛老太還教姚虹怎麼打扮、怎麼穿衣——去書報亭買那些時尚雜誌，《ELLE》、《秀》、《瑞麗》……讓姚虹當成教科書看。看那些模特兒怎麼搭配衣服，怎麼擺弄髮型。這比學說上海話還難得多。要靠天賦，不能生搬硬套。衛老太一門心思要把姚虹培養成一個上海媳婦，倒不是為了自己，老太婆了，不在乎那些虛頭。這純粹是為衛興國。兒子年紀不大，將來的路還長。上海這個地方，有些講不清。寬容的時候很寬容，刻薄的時候又很刻薄。許多根深蒂固的東西，像輪船靠岸時拋下的錨，牢牢在海底紮著；又似奶糖外的那層飴紙，看著無關緊要，可真要沒了它，又覺得怪——這就是「體面」。錦上添花的玩意兒。兒子體面了，衛老太才能安心。說到底，好像也不全是「體面」，還應該牽涉到「尊嚴」。是自尊心的意思。

衛老太的自尊心，蟄伏在體內幾十年，平常沒聲沒息，現在一點點甦醒了。像冬眠的蛇。真正是春天到了。暖意融融的。衛老太本來話不多，現在慢慢放開了。幾十年的話匣子，厚實得像本日記，一頁頁翻過去，都能聞到淡淡的紙香了。詳寫還是略寫，全憑衛老太的心，但到底是寫了。開心的，不開心的。話題由近到遠，漸漸拉長開去，那些早就淡卻的歲月，像暗室裡新洗的照片，景物一點點浮現出來，清晰了。

姚虹是個很好的傾聽者。——原來上海的「日子」是那樣的，和姚虹想像中完全不同呢。倒真有些「過日子」的意思了。原先姚虹以為，上海的「日子」是閃著光的，擺在櫥窗裡的那種。現在看來，好像也是落在實處的。撇去表面那層亮晶晶的東西，上海的「日子」其實是咖啡色的，沉甸甸的顏色，沉甸甸的質地，讓人屏息凝神，說不出話來。上海的「日子」，初嚐是有些苦澀的，可慢慢地，有香甜從裡面一點點滲出來。這香甜，也是要嚐過苦才能覺出的。苦澀落在舌根，香甜源自心底。苦是甜的先導。沒有苦，又怎會有甜呢——這道理，其實到哪兒都是一樣的。

兩個女人在天井裡曬太陽，一個纏線，一個繞團。冬日的陽光落在兩人臉上，洋洋灑灑的，很美很溫柔。

領證那天，也是個陽光燦爛的日子。衛興國和姚虹早早地便出了門。衛老太叮囑他們，辦完事就早點回家。孕婦不能多操勞。晚飯在外面吃，已訂了座，就在附近新開的本幫菜館。

衛老太把家裡整理了一遍，出去倒垃圾。還沒走幾步，在拐角處踩到一塊香蕉皮，差點滑一跤。垃圾袋脫手飛出，掉在地上。衛老太罵聲「要死」，正要去撿，忽的，看到垃圾袋掉出一小包東西——是塊捲起的衛生巾，散開了，上面殷紅一片。

衛老太一怔，下意識地，又罵了聲「要死」。停了停，再去翻那袋垃圾——又發現了兩小包同樣的東西。衛老太站在原地，認認真真地看了一會兒，像是研究。心直直地沉了下去。秤砣似的。隨即把東西撿起來。

衛興國在民政局接到母親的電話。

「證領了沒有？」

「沒，還在拍照呢。有事？」

「那就好——別領了，回家。」衛老太說完，「啪」的掛了電話。

（三）

姚虹收拾東西。衣服、褲子、鞋子，一件件地往旅行包裡塞。頭垂得很低，動作卻很快。衛興國在一旁看著。兩人都不說話。衛老太出去散步了，臨行前叮囑兒子，把姚虹送到公車站，也算是盡了情分。衛興國嘟著嘴，像小孩那樣不情不願。衛老太曉得他心裡疙疙瘩瘩，是捨不得小女人走。衛老太裝作沒看見，想，要是連這種事都不分輕重，那兒子也算白養了——故意連招呼都不打，徑直出了門。

姚虹收拾完東西，朝衛興國看。眼神像貓咪看主人。淚水在眶裡一圈圈打轉。心裡清楚這是最後一搏，其實也不抱希望。果然，衛興國避開了她的目光，拿起地上的包，「走吧。」

兩人一前一後，到了公車站。已是晚上八點多了。這是衛老太的意思，說晚上走，人少，免得大家尷尬。衛興國乾咳一聲，摸摸鼻子，很不自然的模樣。姚虹想，又何必讓他為難。上前接過他的包，「謝謝你送我，你回去吧。」衛興國嗯的一聲，腳下卻不動。

姚虹在旁邊長凳坐下，把包放在膝蓋上，朝車來的方向看。衛興國愣了半晌，「其實——」才說了兩個字，便又閉上嘴。姚虹只當沒聽見，想，這是個沒用的男人。心裡忽的有些氣苦，這樣的男人，到頭來自己竟也抓不住。難堪得都想哭了。

她又道，你先走吧。他說，我等你上車再走。她道，你走吧，你在這裡，我反而不自在。話說到這個地步，衛興國只有走了。本來就瘸，加上猶猶豫豫，走得一步三顧，艱難無比。好不容易轉了彎，看不見人了。姚虹把頭別過來。看錶，快九點了。

等車的人很少，路燈暗得要命，影子模模糊糊的，像鬼。

姚虹沒等車來，折回去敲杜琴的門。杜琴的東家老頭已睡下了，杜琴在看電視，把聲音調得很輕，做賊似的。她說老頭子不許她一個人看電視，費電。

她看見姚虹的旅行包，愣然，「穿幫了？」姚虹點頭，隨即一屁股倒在沙發上。

假懷孕的辦法，是杜琴傳授的。「現在萬事俱備，只欠一陣東風，托你一把。」她說衛老太這把年紀了，沒有比抱孫子更能讓她興奮的事了。老太婆一高興，事就成了。姚虹還要猶豫，說肚子裡沒貨讓我怎麼生。杜琴罵她笨，「懷孕要十個月呢，誰能保證當中沒個磕磕碰碰？只要生米煮成熟飯，結婚證一開，她能拿你怎樣？」姚虹想想也是。她不是黃花閨女，青春談不上多麼值錢，可到底也是個女人，禁不起這麼拖拖拉拉。索性搏一把，成了便是一步到位，上饒人變上海人。輸了也得個痛快，回老家找個本地男人，好歹總是一輩子。

杜琴內疚得要命。「早曉得就不出這個餿主意——」姚虹手一揮，「沒啥大不了的，日子照樣過，地球照樣轉。」她說先不回上饒，再待幾天看看。杜琴明白她的意思，不走還有希望，走了就等於徹底放棄了。

夜裡，兩個女人擠一張小床睡。怕吵著隔壁的老頭，說話輕得像蚊子叫。姚虹說，家裡人本來都歡天喜地的，現在搞成這樣，還不知道失望成啥樣呢。杜琴說，先別告訴他們。姚虹說，瞞得了一時瞞不了一世，早晚會知道。杜琴說，拖一陣是一陣——還沒到絕望的地步。姚虹聽了不吭聲。半晌，又道，老太婆受了騙，肯定恨死我了。杜琴說，她要是個女人，恨歸恨，恨完應該會明白的。姚虹歎道，女人跟女人也是不一樣的，只怕她未必明白。

杜琴又說起自己的事，東家老頭查出有尿毒症，情況不大好，醫生說要換腎，「腎是多麼要緊的東西，平白無故的，你說誰會給他捐腎——居委會幹部都找我談話了，讓我無論如何要摒過這個年，又誇我脾氣好能幹，我要是不幹了，這麼『作』的老頭子，哪裡再去找保姆服侍他？嘿，再給我戴高帽也沒用，過年我肯定是要回家的，都幾年沒回家了——」

姚虹說，沒兒沒女的，也可憐。杜琴說，可憐的人多著呢，我們不可憐嗎？一個個可憐過來，老天爺都來不及。又說，本來還想著沾你的光，也搭個上海親戚，現在沒戲了，轉了一個圈，還是江西老表。姚虹歎道，沒這個命。杜琴也歎了口氣，說，就是，沒這個命。

這天晚上姚虹一直沒睡著。床很小，躺兩個人連轉身都難。杜琴倒是睡得挺香，還打著小呼。她男人在工地上幹活，夫妻倆咬緊牙關，連著幾年沒回老家。女兒都快讀小學了，一出生便由外公外婆帶著，還沒見過幾回親爹媽。她男人勤勞肯幹，這次升了個小工頭，工資翻了個倍，好心情也跟著翻倍——夫妻倆預備過年回家，再把女兒接過來，上海的房子貴是貴，可租間小屋，一家三口住在一起，划得來。杜琴說她女兒小名叫月芽兒，因為出生時一彎月亮掛在半空中，眉毛似的，很俏皮很漂亮。「月芽兒過年就七歲了，天天晚上做夢都夢見她。」

姚虹朝杜琴看，見她熟睡的臉上帶著一絲笑意。應該真是夢見了女兒。

衛老太早起鍛鍊時在弄堂口撞見姚虹。小女人笑吟吟地叫了聲「姆媽」。衛老太吃了一驚，像撞見了鬼。「你——沒走？」姚虹沒直接回答，說了句「天有點灰，大概快下雨了。」衛老太沒理她，徑直走了過去。

鍛鍊完回到家，還沒進門，便聞到一股香味，再一看，姚虹在灶臺上煎荷包蛋。衛興國坐著吃泡飯，面前放著一碟生煎，應該是她買來的。衛老太在原地愣了足有十來秒。衛興國見了母親，不敢說話，埋頭吃東西。姚虹倒是很熱情，招呼衛老太：「姆媽，吃生煎，味道不錯的。」衛老太看看兒子，再看看她，心裡哼了一聲，依然是個不理不睬。上了廁所出來，見她還在擦拭灶臺。

衛興國吃完早飯，說「我上班去了」。姚虹從抽屜裡拿了把傘給他，「一會兒怕是要下雨，帶上傘。」衛興國猶豫了一下，還是接了。她又問他，「晚上想吃什麼，糖醋排骨好不好？」這回衛興國無論如何不敢應聲了，吱唔兩下，開門出去了。衛老太冷眼旁觀，想這個小女人也忒皮厚。耐著性子，等她把灶臺擦完，說，你可以走了。姚虹叫了聲「姆媽」，要說話，她手一擺，擋住了。

「說什麼都沒有用，」衛老太道，「走吧，別再來了。」

姚虹嘴一扁，兩行眼淚齊刷刷地落下來，「姆媽——我曉得我做錯了，你原諒我，給我一次機會好不好？我保證一生一世對你和興國好。」衛老太搖頭，「不用對我們好，你自己過得好就可以了。」姚虹眼淚沒命地流，「姆媽，我承認我有私心，想飛上枝頭當鳳凰，可我真的沒惡意的，我是想早點結婚，好來服侍您老人家——」衛老太打斷她，「不敢當，我沒這個福氣，也別說什麼『飛上枝頭當鳳凰』，是我們高攀不上，配不起你。我們興國是草包，你才是鳳凰。」

衛老太說到這裡，忽想起那天張阿姨的話——「興國是璞玉，要沒有她，你還不是把他當石頭？你們家興國拖到這麼晚沒成家，大概就是在等她。命中註定的。」——不禁有些感慨起來。心口那裡被什麼揪了一下，唉，可惜了——臉上依然是冷冰冰的，轉過身，把個脊背留給她。

姚虹倚著牆，手指在牆上劃啊劃，眼睛瞧著地上，眼圈紅通通的。不說話，也不走。衛老太等了半晌，見她沒動靜，心裡也有些急了，又不能拿掃帚把她趕出去，左鄰右舍都看著呢。衛老太丟不起這個人。可拖著也不像話，這算怎麼回事。兩人暗地裡較著勁，安靜得都能聽見掛鐘的「滴答」聲了。一分一秒都是煎熬。

衛老太坐下來，打開電視。姚虹頓時也活動開來，轉身便去拿拖把。衛老太坐著，見她這樣，頭皮都麻了。姚虹認認真真地拖地，拖到衛老太那塊，還說「姆媽，麻煩你抬抬腳」。衛老太抬也不是，不抬也不是，索性站起來，到廚房擇菜。一會兒，姚虹也來了。擺個小凳子在她旁邊坐下，陪她一起擇菜。衛老太朝她瞪眼，臉色難看的要命。姚虹笑笑，說，兩個人幹快些。衛老太心裡「哎喲」一聲，想真是碰到赤佬了。又不知說什麼好。

兩人齊齊擇完了菜，衛老太打開房門，呶呶嘴，示意她離開。姚虹便是有這耐性，只當沒看見，笑笑，又拿雞毛撣子去撣灰。衛老太怔了半晌，只得關上門。姚虹整理房間時看見衛興國換下的內褲，拿到水龍頭下洗。衛老太一把搶過，說，讓他自己洗。姚虹笑吟吟地搶回來，「男人哪會洗衣服，再說他下班那麼晚，姆媽就別折騰他了。」三下兩下便把內褲洗了。衛老太不禁好笑，看情形自己倒像後媽，眼前這位才是親媽。

晚上衛興國回到家，看見姚虹還在，大喜過望。也不敢多問，瞥見衛老太臉色不差，更是放下心來。晚飯是姚虹做的，味道沒變，吃飯的人也沒變，依然是三個人。姚虹本來不敢上桌，猶猶豫豫的，衛老太開口說「一起吃吧」，才坐下了。吃完又搶著洗碗。比之前還要殷勤三分。

洗碗時，衛興國湊在姚虹身邊，問她，好啦？姚虹笑笑，不置可否。衛興國又道，姆媽好像心情不錯。姚虹還是笑笑。一會兒，衛老太過來拍她肩膀，說：

「走，我們出去聊聊。」

姚虹嘴裡應著，眼睛卻朝衛興國看，希望他能攔下。誰曉得這個馬大哈興高采烈，「出去散散步蠻好，外頭空氣好——」姚虹只得苦笑，披上外衣，跟著衛老太出了門。

兩人走下樓來。遇見幾個鄰居，打招呼，「散步啊」，衛老太便笑一笑，點頭。姚虹也跟著笑，心裡又多了些底氣，曉得衛老太還未把那事說開。兩人緩緩走著，路燈把人影拉得一會兒長一會兒短，橡皮筋似的。風不大，卻刺骨的冷，臉和手露在外面，凍得通紅，都木了。

「待會兒我一個人回去，你別跟著。大家都是成年人，要曉得分寸，別做過頭了。」

衛老太邊走邊說，並不看她。姚虹勉強笑著，腳下不停，緊跟著。

「跟著也沒用，我老太婆說話算話。你知趣點，別弄得大家臉上不好看。」

姚虹遲疑了一下，頓時與衛老太拉開一段距離。她咬咬牙，又跟了上去。兩人一前一後地走著。衛老太像是沒看見。走了一段，到了街心花園，姚虹陡的停下來。

「姆媽，我做錯事情，應該要受罰。我罰自己在這裡反思。姆媽你不原諒我，我就在這裡坐一輩子。」她飛快地說完，一屁股在旁邊的長凳坐下，兩手抱胸。

衛老太愣了愣。「你別這樣，我這人不受威脅。」

「我這不是威脅，」姚虹搖頭，「姆媽，我是真的想好好反思。我要是想威脅你，也不會坐在這裡，直接搬張凳子坐到弄堂口了。」

衛老太嘿的一聲，心想，說來說去，你這還是威脅。「隨你的便。」說完轉身使走。回到家，衛興國湊上來問，姚虹怎麼沒回來？衛老太積了大半天的悶氣，一古腦在兒子身上發洩出來，「人家養兒是防老，我養兒是受氣。標標準準養了個憨大兒子。我看你生出來的時候一定少了根筋，那種女人你還念念不忘，我真是白養你了，真正氣煞——」衛老太捶胸頓足。

衛興國悻悻地離開。衛老太上了個廁所，洗了把臉，坐下來。越是不順的時候，越要保持清醒。這是衛老太幾十年總結下來的道理。這當口倘若沉不下氣，那就亂了。

一會兒，窗外沙沙下起雨來，雨點密密麻麻——竟真的下雨了。

衛老太猜想姚虹未必真會那樣硬氣，做戲罷了。怕是一會兒便回家睡大覺了。無非是心理戰，誰先撐不住誰便輸了。

衛老太想起當年那個晚上——也是個下雨天，她抱著才五歲的衛興國，去了安徽蕪湖，剛下船便直奔廠長家。男人在船上做了一輩子，被一場颱風奪了性命。撫恤金是多是少，廠長說了算。輕輕巧巧報了個數目，衛老太無論如何不能接受。雖說人命不能拿錢衡量，可除了錢，又有什麼能彌補失去親人的傷痛呢？衛老太把這話翻來覆去地同廠長講，廠長聽慣了類似的話，耳朵像長了繭，刀槍不入。衛老太也是絕，抱著兒子，在廠長家門口「撲咚」跪下了。雨嘩嘩下個不停，她給兒子穿上雨衣，自己無遮無攔地在雨裡淋了一夜。廠長倒是無所謂，廠長女人看不下去了，對她男人說，就多給些吧，孤兒寡母也不容易，這麼跪著像什麼樣子。廠長說，我要是答應她了，以後人人都給我下跪，你叫我還怎麼當這個家？後來還是員警把衛老太給帶走了。衛老太倒沒指望這一跪便能讓廠長回心轉意——是場持久戰，她有思想準備，不指望一擊成功。關鍵要在氣勢上先發制人，免得廠長不把她一個女人家當回事。衛老太來之前都關照過家裡人了，「這一去少說一個禮拜，弄不好兩三個月也是有可能的——」她公公還算明理，說，你就放心去吧。婆婆承受不了喪子之痛，就有些拎不清，說她是「掉到錢眼裡去了，人都沒了，要錢有什麼用？」衛老太不怕被人戳脊樑骨罵「賺死人錢」，嘴長在人家臉上，想罵便罵。天底下最討嫌的東西便是嘴。罵人的是嘴，吃飯的也是嘴。罵人的時候很痛快，吃飯時卻又半分耽擱不得。衛老太也想罵人，罵那場百年不遇的颱風，還有鐵石心腸的廠長。可她曉得不能罵——男人死了，家裡老老少少，都是吃飯的嘴。

衛老太一跪便是好幾天。到後來員警都煩了，一個女人加一個孩子，打又打不得，說又說不通。員警也幫著衛老太勸廠長，說差不多就算了，跟個寡婦計較什麼。廠長有自己的原則，不為所動。他女人倒是給衛老太送了幾次水，還給了衛興國兩塊糖。廠長女人有兩個兒子，小兒子和衛興國差不多大。她勸過衛老太幾回，曉得沒什麼用，便也不勸了。又把過年拜祖宗的墊子拿出來，讓衛老太墊在膝蓋下，「地板硬，小心關節跪壞了。」她也替自己的男人講話，說那麼大的單位，一樣樣得照著規矩來，「你要體諒他，他也是沒法子，不是存心跟你過不去。」衛老太說，「我體諒他，誰體諒我？我也不是存心跟他過不去，實在是沒法子。」兩個女人繞口令似地說話，絮絮叨叨地，一句又一句。那幾天，衛老太跟廠長女人要好的像親姐妹似的，一個屋裡，一個屋外。後來，廠長女人索性也搬張凳子出來陪她，替她抱會兒孩子，聊會兒天，夜深了才進屋。衛老太曉得她是個善人，打心底裡感激她。有墊子墊著，到底是舒服多了，否則只怕不到兩日膝蓋便磨碎了。

衛老太想起往事，便忍不住歎氣。眼睛一眨，幾十年過去了。如今竟也輪到自己受人威脅了。她想去街心花園看，猶豫著，還是忍住了。不能中小女人的計。她是存心要讓自己睡不好。衛老太倒了盆熱水，坐下來洗腳。衛興國在一旁削竹片，削得歪歪斜斜。衛老太曉得他心思不在這上頭，魂都掉了。「她在她老鄉那裡，」衛老太故意道，「就是隔壁弄堂做保姆的那個。」

衛興國沒說話。衛老太嘿的一聲，「要是捨不得，就去看看她好了。」說完進房了。躺在床上，聽他在外面看電視，半晌都沒動靜，便有些奇怪，想他倒也忍得住。

又過了許久，聽電視聲依然不停，衛老太按捺不住，爬起來，走到外面——電視機開著，竟然沒人。電視是掩護，人早走了。衛老太一怔，竟又有些好笑，想這個傻兒子原來也會使詐。關掉電視，重又回去睡覺。

下了一夜的雨。次日吃早飯時，衛興國都不敢與母親目光相接。衛老太問他，見到了？衛興國訕訕地應了聲「沒見著」。衛老太瞥他一眼，曉得不是說謊。心裡咯噔一下，想那小女人別真在花園裡坐了一夜。這麼大的雨，淋出病來，又是她的罪過。「大概死心了，回上饒了。」衛老太說。

買菜時，衛老太故意繞了個圈，到街心花園。遠遠瞥見姚虹坐在那裡，一動不動，老僧入定般。不敢停留，快步走開了——這才擔心起來。想，要命，來真的了。

姚虹其實並沒有在花園裡過夜。衛老太前腳走，她後腳便去了杜琴那裡。她猜衛老太會過來查看，果然一會兒衛興國便來了。杜琴擋在門口，說「我又不是她媽，怎麼找到我這裡來了——」。姚虹躲在裡屋，聽衛興國嚅嚅啜啜了半天，想這個男人對自己畢竟還是有些留戀的。等人走了，姚虹便鋪床睡覺。養精蓄銳，日子還長著呢。杜琴擔心衛老太會去花園。姚虹有把握，「今晚不會，明晚倒是有可能。」

杜琴問，你料得準？姚虹笑笑。

衛老太買菜回家後，一顆心七上八下，想，這下真是麻煩了，當年廠長還能報警，她連報警都不能，人家好好在花園坐著，礙著你什麼事？心裡存著萬一的希望——小女人在耍花樣。晚上，趁兒子睡熟後，衛老太悄悄去了街心花園。路燈下，見姚虹端坐在長凳上，眼睛微閉，神情恬然，像尊菩薩。

衛老太不由得倒吸一口冷氣。

弄堂裡的人都曉得姚虹的事了。聰明人一想便明白了，有幾個拎不清的，還要問衛老太——你們家小姚天天在花園裡曬太陽，倒是蠻愜意。衛老太曉得這話是揣著明白裝糊塗，存心逗自己玩呢。索性說開了，「她現在不是我家的人了，愛做什麼就做什麼，我管不著。」

張阿姨沒料到事情會成這樣，「聰明人做傻事，唉，真可惜了。」衛老太說，「我家廟小，這尊佛太厲害，留不住。」張阿姨說，「也怪你，早點定下來不就好了？」衛老太心裡嘿的一聲，想，不是你自己找兒媳婦，所以才說得這麼輕鬆。「現在怎麼辦？」張阿姨問，「那尊佛天天在花園裡曬太陽，也不像樣啊。」

「她喜歡曬，就讓她曬去。」

衛老太嘴上這麼說，心裡還是有些抖豁的。好在姚虹只是坐坐，倒也不來煩她。衛心花園離得近是近，但到底隔了幾條馬路。衛老太氣是氣的，氣她把自己當猢猻耍，騙人時連眼都不眨一下，可平心靜氣的時候，又覺得這小女人其實還不算太過分，倘若她也在自家門口撲通一跪，那便真是糟了。又想，她給衛家留了面子，等於也是給自己留了餘地。到底不是上門逼債，真做絕了，吃虧的是她自己。衛老太想通這點，稍稍放下些心來。

衛興國瞞著母親，悄悄給姚虹送了幾次飯。街頭買的麵包、熟菜之類。姚虹說：「你越是對我好，我就越內疚。阿哥你是好人，姆媽也是好人。我騙了你們兩個好人，心裡難受的不得了。」衛興國滿不在乎，「不叫騙，也就是耍點小手段，沒啥。你要是不喜歡我，也不會這麼做。」

姚虹歎了口氣，「阿哥你太真是善良了，怪不得姆媽不放心你。我跟你講，以後別老是把人往好處想，會吃虧的。唉，也不曉得將來哪個小姑娘有福氣，能嫁給你——」

衛興國說：「我不要小姑娘，我只要你。」姚虹低下頭，眼圈都紅了。衛興國望著她，心疼得一塌糊塗，「你真要在這裡坐一輩子？」姚虹搖頭，「過幾天我就走了。其實我也想通了，什麼樣的人，就有什麼樣的福氣，強求不來。等我回去以後，阿哥你要好好過日子——我會經常給你寫信的。」衛興國聲音都有些哽咽了，「你真的要走？」姚虹說：「我家又不在這裡，不走還能怎的？」

衛興國跺了跺腳，說：「我不讓你走。」姚虹笑笑，「別像個小孩似的。阿哥我跟你講，你人好，又會手藝會賺錢，到哪裡都過得了日子，不用靠人——姆媽也不容易，你要好好孝順她。」

衛興國回到家，見到衛老太第一句話便是「我這輩子不結婚了！」衛老太怔了怔。衛興國說下去，「你要是讓姚虹走，我這輩子就打光棍，死也不結婚。」衛老太聽了心裡一鬆，「走？她自己說的？」衛興國重重地哼了一聲，「她說的又怎麼樣？反正我是不會讓她走的。」

衛老太有些好笑，「你不讓她走？那你把她留下來，你們兩個自己買房子單過。這套房子我要留著養老，不會給你們。」衛興國賭氣說：「不給就不給，我跟她回江西。」衛老太更加好笑，「回江西？也好，好兒女志在四方——只要你們過得下去就行。」

「有啥過不下去的？」衛興國想起姚虹的話，胸膛一挺，「我有手藝，會賺錢，走到哪裡都過得了日子。不用靠人。」

衛老太一愣，瞥見他的神情，不像說笑。這才有些緊張起來。「翅膀硬了，會飛了，就不把老娘放在眼裡了——姚虹教你的，是吧？」

衛興國替姚虹說話，「小姚真的是個好女人。你對她這樣，她還讓我好好孝順你，一口一個『姆媽』，叫得比自己親媽還親。」衛老太忍不住了，「我對她怎麼樣了？她假裝懷孕騙我，我是請她吃耳光了還是跪搓衣板了？我一句重話也沒說，好聲好氣地送她走，你還想讓我怎樣？我叫她『姆媽』，跪在她面前，八抬大轎把她請回來，好不好？」衛老太越說越激動，重重地一拍桌子，「啪！」

衛興國吃癟，只有閉嘴。

杜琴給姚虹送飯。姚虹挺不好意思，杜琴這陣子家裡出了大事——工地老闆拖著幾百號工人的薪水不發，她男人是熱心人，跑去與老闆理論，說快過年了，大家都等著錢回家。不作興造這個孽。卻被老闆雇的人打成重傷，幾天起不了床。杜琴也是急性子，口口聲聲要上法院。可老闆有人證，說是她男人先動手，最多判個防衛過當。打發叫化子般，扔了幾千塊錢當醫藥費。杜琴把錢狠狠摔到他臉上，說這事沒完——找了律師正在談。姚虹勸她算了，拿雞蛋碰石頭，吃虧的是自己。杜琴不依，說爭的就是這口氣。雞蛋就算粉身碎骨，拼了命也要在石頭上砸道印子出來。

醫藥費是錢。律師費也是錢。積蓄掏了個盡，連置辦下的年貨都拿到二手市場賣了，給老爹的煙和酒，老娘的羊毛衫，還有女兒的文具。統統賣了，還是夠不著。

杜琴告訴姚虹——她預備把腎賣給東家老頭，「老頭子缺兒缺女缺個好腎，就是不缺錢。這是筆好買賣。」姚虹嚇了一跳，「別瞎說！」杜琴笑笑：「誰瞎說了？都去醫院驗過了，在排日子。」

姚虹勸她考慮清楚，「你自己也說過，腎是多麼要緊的東西，你以為是頭髮啊，沒了還能再長出來。」杜琴說：「我曉得腎是要緊，可這口氣更要緊。我要讓那王八崽子明白，老娘不是好欺負的。」她停了停，反過來安慰姚虹，「人有兩個腎呢，少一個沒啥，照樣活得好好的。」

衛興國又來找姚虹，說要和她私奔。「我媽不認你沒關係，我跟你回上饒。」姚虹反對，「姆媽把你當成寶，你怎麼能這樣做？會傷她的心的。」衛興國堅持道，「我不管，反正我只要你一個。這輩子我只要你一個。要是沒有你，我寧可去當和尚——我陪你回上饒過年。」

當天下午，衛老太來花園看姚虹。姚虹有準備，連擦眼淚的紙巾都拿好了。衛老太還沒說話，她眼淚便撲哧撲哧掉下來。是那種有些委屈的哭法，三分誇張七分發嗲，只有對著親媽才會這樣，「姆媽！」衛老太被她叫得汗毛倒豎，忍不住朝旁邊看去——好幾個人對著這邊指指點點。衛老太歎了口氣，想，方圓十里就屬我老太婆最出風頭了。正要開口說話，姚虹又是一聲「姆媽」，眼淚下雨似的，止都止不住。衛老太愣了愣，從口袋裡拿了塊手絹給她。姚虹不接，指指手裡的紙巾，「姆媽，我有。」衛老太又是一愣，「哎喲」一聲，把手絹硬塞在她手裡。

「用這個，環保些。」衛老太話一出口，曉得這個回合是自己輸了。

「謝謝姆媽。」姚虹趁抹眼淚的當口，偷偷瞥了一眼衛老太，見她也在看自己——兩個女人目光相對，都停頓了一下。那瞬間完全是赤裸裸的，把外在的東西都抹去了。是互通的，直落到對方心底。姚虹稍一遲疑，愧疚從心底直逼上來，抹眼淚的動作便有些不自然，少了連貫性。衛老太看在眼裡，想，你這個小女人是要我的命哩。兩人都在心裡歎了口氣。

衛老太先開口：「你吃定我兒子了，對吧？」姚虹想，是你兒子吃定我才對，「姆媽，不是吃定，是喜歡——」衛老太一擺手，打斷她，「好了，別在我面前說這種肉麻的話，我老太婆吃不消。」姚虹便閉嘴不說。停了停，衛老太又道，「我兒子吵著鬧著要跟你去上饒，這下你開心了吧？」說完便罵自己是傻子，沉不住氣。果然，姚虹很委屈地說，「姆媽，我也不想這樣的，我勸過阿哥的呀——」衛老太嘿的一聲：「是呀，你是好人，天底下頂頂好的就是你了。」

姚虹撇了撇嘴。衛老太剎車，不說了。

片刻的沉默。

半晌，姚虹輕聲道：「姆媽，我不想回上饒——你應該曉得的。」

衛老太想，這倒是句實話。停了停，姚虹又道：「姆媽你要是沒發現那件事，現在我和阿哥已經領了證了，就算為了我自己，我也不會對你不好。你開心，我也開心，大家都開心。所以姆媽，有時候曉得真相未必是好事。」衛老太沉吟著，想，這也是句實話。

姚虹問：「姆媽，你可不可以當那件事沒發生過？」衛老太板著臉，沒理她。姚虹說下去：「我看電視劇裡那些人，當皇帝之前做了許多壞事，可當了皇帝之後，照樣是個好皇帝，對老百姓好得不得了。姆媽，我承認我錯了，錯得很厲害，可我這麼做的目的只有一個，就是當你的媳婦。等我當上了你的媳婦，我會對你好、對阿哥好，把家裡料理得妥妥當當的。我會成為全上海灘最好的媳婦。」姚虹說到這裡，胸口有什麼東西直往上漾，心跳也跟著快了。眼圈也紅了。

衛老太朝她看。後面這兩句話講得有些煽情了。她沒想到她這麼會說話，還拿皇帝來比喻。衛老太故意大聲哼了一聲，顯得很不屑。「太陽還不錯，坐著吧。」說完，轉身便走。

衛老太的背影漸漸遠去，轉了彎，不見了。姚虹站起來捶了捶背。坐的太久，腰酸背疼，渾身都麻了。下午兩三點鐘的太陽，倒真是不錯，不刺眼，柔柔和和的落在身上，像披了條很輕很薄的毯子。太陽的味道，細細聞來，竟透著些許肉呷氣。不是高高在上的，而是非常親切。連隨風飄來的塵屑都變得很溫柔，像情人的手輕輕拂過。

一會兒，手機響了。是衛興國的短信：「晚上好像要下雨。我們去看電影。」

姚虹忍不住笑了笑。下雨了才能看電影，是兩人之間的玩笑話。她拿出一個保溫杯，打開蓋子便喝——是中藥，一個老中醫開的方子，能提高懷孕機率。都喝了一段時間了。姚虹掐手指算日子——今天真是個很適合的日子呢。很適合看電影。杜琴跟她說過一些男女間的偏方，吃什麼喝什麼做什麼，有些還涉及到姿勢，很露骨了。都是為她好。誰讓女人每個月只有那一兩天才能懷孕呢，錯過了就要再等一個月。本來等等也沒什麼，可姚虹等不起。都說時間是金錢，姚虹覺得，時間更像是支票，不能在限期裡兌現，便是一張廢紙。支票上的數字，倘若不能兌現，看著更像是煎熬了。是討命的符。

中藥還是一如既往的苦。好在喝下去，落到心裡，便成了滿滿當當的希望，一層又一層的。姚虹收好保溫杯，長長吐出一口氣。給衛興國回了條短信：

「我聽過天氣預報了，今天晚上肯定下雨。」

尾聲

過完年沒多久，杜琴的官司總算有了眉目。上法庭那天，她男人坐著輪椅去的。黑心老闆站在被告席裡，看杜琴的眼神都要冒出火來。初審沒定下來，但律師說情況不壞，值得再打下去。姚虹對杜琴說，律師是為了賺錢，攛掇你一直打下去。別上當。杜琴滿不在乎，說，打就打，讓那王八蛋難受難受也是好的。又說，到上海這麼多年，也沒長什麼見識，現在好歹上了趟法院，回江西都能跟老鄉炫耀了。姚虹說她冒傻氣。她滿不在乎地笑笑，「我這個人什麼都能受，就是不能受欺負，要是受了欺負，肯定沒完沒了。我男人說了，這場官司就算打贏了，在上海也待不下去了。他吃工地飯的，這一行裡誰還敢收他？只好換個地方試試。」

姚虹問她：「準備去哪裡？」她說：「還沒定，不是北京就是廣州。」姚虹說，「都是大城市啊。」她點頭，「嗯，在上海待了這麼久，都養嬌了，非得是大城市不可。」兩人都笑。

拆遷小組決定分給衛老太一套兩室戶，在浦東三林。衛老太不依，說我在浦西住了幾十年了，有感情了，浦東住不慣。拆遷小組說再多給她五萬塊錢補償。衛老太還是不依。

於是雙方陷入僵持階段。——姚虹每天搬個小板凳去拆遷小組門口坐著。一天三餐由衛老太送。原本的計畫是，衛老太靜坐，姚虹送飯。姚虹覺得，還是由她坐比較合適，「我一個大肚子，誰敢碰我？誰碰我就是自找麻煩。」衛老太一想不錯。相比老太婆，懷孕的婦女顯然更有優勢。

姚虹的肚子一天天顯山露水起來。居委會的人都找過衛老太幾次了，說這樣下去對孕婦沒好處。衛老太說不會，「現在都什麼年代了，大肚子不作興一天到晚待在家裡的，外面空氣好，曬曬太陽還能補鈣，連鈣片也省下來了。多靈光。」居委會的人又說她年紀大了，一天到晚出來送飯太辛苦。衛老太說一點也不辛苦，「年紀大的人最怕懶得動，一懶骨頭就僵了，散了。你們別看我年紀大，筋骨還是老好的。一天跑個七八趟不成問題——謝謝領導關心。」

補償金都加到十萬了。衛老太眼皮也不翻一下。十萬塊錢光吃喝是夠花一陣了，可放在房子上，只能算是個屁。就算三林那樣的地段，十萬塊也只夠買個廁所。衛老太的目標是——再加一套兩居室，也就勉強過得去了。衛興國嫌麻煩，勸姆媽差不多就算了，別折騰了。姚虹堅決與衛老太站在同一戰線，「姆媽，你說啥就是啥，我聽你的。」衛老太心裡罵兒子沒出息，房子是多好的東西啊，鈔票存在銀行裡會貶值，可房子不會。房子一天天瘋漲，那勢頭猛得嚇人。多爭一平方，差不多就是辛苦一年的工資。要是連這個都懶得折騰，那活著還有什麼勁。乾脆別活了。

天氣一天天熱起來。姚虹挑個樹蔭坐著，手裡拿個竹片做的小車，在上顏料。衛興國把雛形做好，她加工——純手工業轉向流水線操作，能省下不少時間。網上的訂單越來越多，衛興國都利用上班空檔趕工了，被值班長抓到過兩回，弄了個警告處分。衛興國有些抖豁，姚虹卻說，怕個鬼，大不了不做了，你問問你們值班長一個月拿多少錢，我們翻他個四五倍都不止！衛興國得了鼓勵，頓時豪情萬丈，說，有手藝就是好啊，老子什麼都不怕。姚虹說，可不是，馬克思都說了，技術是第一生產力。

衛興國說，乖乖，你連馬克思說的話都知道？姚虹白他一眼，說，你以為我是你啊，除了看電影什麼都不曉得。衛興國哧的一聲，便去摟她，說，晚上好像要下雨——。姚虹一把躲開，啐道，你看看我這麼大的肚子，就是下冰雹也沒戲——

姚虹靜坐的姿勢很篤定。一動不動，又是極有威懾力的。衛老太給她送飯的時候，想起幾月前，她坐在街心花園裡的情景。「那時是人民內部矛盾，現在是一致對外。」姚虹開玩笑。衛老太想，也好，大家都見識過這個小女人的難纏。誰都不會不當真。

那天，衛老太在花園裡親手扶起她——她的手，搭上她的手背。這一幕是有歷史性意義的。扶她之前，她是江西的小女人；扶她之後，她便是上海的小媳婦了。姚虹竭力保持著平靜，但也難掩心頭的激動，聲音都發抖了。衛老太竟也有些激動。

那一瞬，她眼前晃動的，是廠長女人的那隻手——親親熱熱地攙起她來，「好了好了，這下好了，都解決了。」廠長終究還是還是拗不過她，撫恤金足足加了一倍。她在廠長家門前跪了三個星期。站起來時，眼睛都發黑了，腳一軟，差點又要跪下去。廠長女人扶住了她。這個好心腸的女人，竟似比她還要開心，歡天喜地地，「好了好了，解決了——」翻來覆去地說著，真心地替她慶幸。衛老太——那時還是個少婦，三十出頭，頗有幾分姿色，皮膚很白皙，一頭烏黑的頭髮。廠長女人不會曉得，她帶著孩子回娘家的那個晚上，衛老太從地上爬起來，敲了門，趁勢上了廠長的床。天下的事情就是這麼湊巧。廠長女人偏偏那晚回娘家，廠長偏偏又是那晚多喝了幾杯，醉了。衛老太不是沒有猶豫過，可只是一念之間的事，她不會讓機會白白浪費。她把兒子放在地板上，盤起頭髮，一條蛇似的進了房間。片刻後，她從房間裡走出來，知道自己完全跨過那條分水嶺了。分水嶺這邊，還是個羞羞怯怯的少婦；到了那邊，便成了堅強的女人，比男人還有力。想起廠長女人，衛老太很慚愧，但不後悔。

姚虹的手，有些粗糙。衛老太觸到的時候，不自禁地打了個寒戰。有什麼東西在心頭流轉，只一瞬，便似穿越了幾千幾百個日夜。原來日子竟是流動著的呢——昨天是今天，今天便是明天，明天又是昨天。日子是打著圈過的。衛老太拿自己的心，去比照她的心，明鏡般清清楚楚。一幕一幕都映在上面。都是不容易呢。為了這個「不容易」，衛老太牽起了她的手，放到自己手心。

「好好過日子吧。」衛老太說。

居委會的人，來了又走，走了又來。來來回回好幾趟了。衛老太不會甘休。都預備好打一場持久戰了。姚虹的身子越來越重，那一坐的份量也越來越重。拆遷小組成員的頭都大了。姚虹坐得穩穩當當，早出晚歸，上班似的。很有信心的模樣。衛老太也有信心。愈是持久戰，女人便愈是有優勢。

杜琴終究還是沒把腎捐出去。她男人用死來逼她，說要是捐了腎，他就死給她看。杜琴都在同意書上簽了字了，結果還是悔約了。她男人堅持說，兩個腎完完整整來的上海，走的時候也要兩個腎，一個也不能少。杜琴笑說這話沒道理，什麼都要順形勢而變。她男人說，想想月芽兒——。這話觸動了杜琴。月芽兒還小，才七歲，少了一個腎的媽媽，怎麼能照顧好女兒呢。

老家的房子賣了，東拼西湊，總算是解了燃眉之急。杜琴對姚虹說，早曉得就不把那幾千塊錢扔了，收下來多好。姚虹說，面子當不了飯吃。杜琴說，就是，爭口氣有個屁用。餓死了兩腳一伸，什麼氣都沒了。她開玩笑說去找那個王八蛋，把錢再要回來。姚虹笑她是十三點。

杜琴把女兒的照片給姚虹看，「我的月芽兒，漂亮吧？」姚虹端詳著照片，說，「還是像你多一些。」杜琴得意地說：「那當然。要是像他就糟了，大嘴巴，朝天鼻，將來肯定嫁不出去——」

杜琴夫婦走的那天，姚虹去火車站送他們。杜琴瞥著姚虹的大肚子，問，是男是女？姚虹說，醫生不肯說，不過我婆婆說肚子這麼尖，像個棗核，肯定是男胎。杜琴說，那你就真是好福氣了。姚虹笑道，上海人不講究這些的，生男生女都一樣。

回去的車上，姚虹坐在靠窗的位置，想想便覺得好笑。什麼肚子尖生男胎，都是胡說——她生頭胎時，肚子也是尖的，卻是個丫頭。生的那天剛好是十五，月亮滴溜滾圓，取個小名便叫「滿月」，今年快十歲了。杜琴的女兒叫「月芽兒」，她女兒偏就叫「滿月」，也實在是巧——來上海前的那個紅包，替她開了路，也封住了介紹人的嘴。有孩子的女人，換了別人，自然是想都別想。可姚虹偏不。路是人走出來的，心一橫，遍地荊棘都敢走。那時是豁出去了。現在想來都有些後怕。不知不覺，便已走出這麼遠了。

眼下自然是不行。姚虹預備再過幾年，便把「滿月」接來上海。她的孩子，怎麼能不跟著她呢。娘兒倆自然是要在一起的。到那時，「滿月」就是上海的「滿月」了。應該會有些麻煩，但姚虹不著急，還早呢，有的是時間。將來的事情，又有誰能吃的準呢。姚虹有信心。

窗外的風，溫潤中透著清冽。樹葉搖搖擺擺，像微醺的人。陽光淅淅瀝瀝地灑著，一路留下滿地金黃色的印跡。很美很美。

後記

這是我個人比較鍾愛的三部小說。

〈又見雷雨〉是向大師致敬的作品。臺上演《雷雨》，臺下的男男女女，恩怨情仇，竟也像極了《雷雨》。我參照戲劇「三一律」，所有情節都在一天內展開，場景也幾乎不動，一點點帶出。最後那場雷雨，三個青年殞命。永遠不老的故事。階層、愛欲、執念。這篇小說寫來有挑戰性，卻也最為艱苦。先寫五萬字，全部推倒重來，又是五萬字。改了數稿方罷。

〈快樂王子〉是現代版的俠義故事。又像童話。替天行道的女孩。寫來甚是過癮。我寫小說很少動情流淚，這篇算是例外。最後嚴卉離世那段，竟是哽咽不已。

〈美麗的日子〉是寫婆媳。上海婆婆外地媳婦。我偏愛寫那些俗套的情節，最具挑戰性。愈是俗到極點、毫無新意，彷彿人人都能猜到後頭會是如何，便愈是有意思。跟人較勁，也跟自己較勁。又是向死而生，於夾縫中生出些不俗的意趣來。

謝謝聯經讓我有機會說這番話。

當代名家・滕肖瀾作品集1

又見雷雨

2018年5月初版　定價：新臺幣290元

著者	滕肖瀾
叢書編輯	黃榮慶
校對	陳麗卿
內文排版	極翔企業有限公司
封面設計	黃宏穎
編輯主任	陳逸華

出版者	聯經出版事業股份有限公司
地址	新北市汐止區大同路一段369號1樓
編輯部地址	新北市汐止區大同路一段369號1樓
叢書編輯電話	(02)86925588轉5307
台北聯經書房	台北市新生南路三段94號
電話	(02)23620308
台中分公司	台中市北區崇德路一段198號
暨門市電話	(04)22312023
台中電子信箱	e-mail：linking2@ms42.hinet.net
郵政劃撥帳戶第	0100559-3號
郵撥電話	(02)23620308
印刷者	世和印製企業有限公司
總經銷	聯合發行股份有限公司
發行所	新北市新店區寶橋路235巷6弄6號2樓
電話	(02)29178022

總編輯	胡金倫
總經理	陳芝宇
社長	羅國俊
發行人	林載爵

行政院新聞局出版事業登記證局版臺業字第0130號

本書如有缺頁，破損，倒裝請寄回台北聯經書房更換。　ISBN 978-957-08-5115-1 (平裝)
電子信箱：linking@udngroup.com

國家圖書館出版品預行編目資料

又見雷雨/滕肖瀾著．初版．新北市．聯經．2018年
5月（民107年）．256面．14.8×21公分（當代名家·
滕肖瀾作品集1）

ISBN 978-957-08-5115-1（平裝）

857.63 107005983